Anthony Samama

Insurrection

roman

Ramsay

INSURRECTION

Première édition

Je vais vous dire un grand secret, mon cher.
N'attendez pas le Jugement dernier.
Il a lieu tous les jours.

ALBERT CAMUS,
La chute

C'est vraiment comme si je m'étais perdu
et qu'on vînt tout à coup me donner de mes nouvelles.

ANDRÉ BRETON,
L'amour fou

C'était un matin semblable à tant d'autres, il cachait bien son jeu. Sur le chemin de l'école, je m'étais laissé bercer par les premières lueurs du jour qui dévoraient la façade des immeubles haussmanniens, ignorant le ballet désordonné des voitures lancées dans une course effrénée. Je marchai d'un pas alerte pour arriver au collège Condorcet qui se dressait fièrement au cœur du 8e arrondissement de Paris, imposant, grandiose, d'un aplomb historique, avant de m'enfoncer dans la foule au premier étage, dans une symphonie chaotique.

— Adèle ! Adèle ! C'est encore Lucien. Viens vite dans la cour !

C'est par ces mots que Jeanne me fit dévaler deux par deux les marches des escaliers pour arriver, essoufflée et morte de trouille, dans la cour intérieure. Une cinquantaine de jeunes hommes et quelques filles étaient agglutinées, laissant en leur cœur un cercle dépeuplé où se dressaient Lucien, mon petit frère, et un certain Thomas, grand et fin, les cheveux bruns en pagaille, de grands yeux noirs qui brûlaient et la mâchoire serrée.

— Je sais pas ce qu'il s'est passé... me confia-t-elle d'une voix agitée, avalant ses mots, mordillant ses lèvres, s'excusant presque d'être la messagère des désolations. Elle prit ma main moite dans la sienne, d'un geste maternel.

Comme à l'entame d'un match de boxe, Lucien et Thomas se tournaient autour, se rapprochant et s'éloignant de concert, entourés par une foule en folie, beuglant, le corps inculte, les yeux bouffés par leurs téléphones aux flashs crépitants.

J'hurlai moi aussi, Lucien, arrête, arrête ! Je me précipitai pour le protéger, j'étais bousculée de toutes parts, royalement chahutée, comme un arbitre qui viendrait mettre fin à un match prématurément avant qu'on n'ait pu désigner un vainqueur. En face, je vis le surveillant percer la foule, séparer les deux élèves et tenter de disperser les rapaces, spéculateurs de malheur.

— Lucien, Thomas, avec moi chez la proviseure ! proclama-t-il en abattant la capuche des deux révolutionnaires de salon, le visage blasé de celui qui en a vu d'autres.

Les réseaux sociaux firent alors leur incendiaire travail d'écho pour offrir aux protagonistes une réputation qu'ils portaient comme une couronne. En fin d'après-midi, je rentrai avec Lucien, bien décidée à m'expliquer avec lui, quelque part entre la lassitude et l'espoir, dans une marche mille fois répétée.

— Tu m'épuises Lucien. Ça aurait pu très mal finir, cette histoire !

— Tu sais même pas ce qu'il s'est passé. Faut bien se défendre dans la vie, j'allais pas me laisser marcher dessus, estimait-il, l'air de dire qu'il n'avait rien à se reprocher.

— Je me fous de ce qu'il s'est passé. Il serait temps que t'arrêtes tes conneries, tu ne vois pas que tu inquiètes papa et maman.

Il se cloitrait alors dans un silence coupable, ce qui avait le don de m'énerver davantage.

— Ils se tuent à la tâche pour que tu réussisses et tu les remercies comment ? En faisant le con toute la journée ? Tu cherches quoi ? À te faire remarquer ? C'est réussi, c'est bon ! fulminai-je, les sourcils froncés, le fusil à l'œil.

Vide de justifications, impassible, il remit sa capuche comme on s'enfermerait dans sa chambre, un sourire de famille aux lèvres. Il appartenait au monde du non. Insolent, insupportable, en guerre perpétuelle, il voulait ressentir le monde dans sa chair, jouer à se faire peur, enflammer la galerie, donner raison à ses pulsions, vaincre l'accalmie.

— Attends, viens, on passe chez Sephora, je vais me parfumer, s'écria-t-il, le visage d'un coup lumineux, plein de malice.

— Quoi encore ? Tu te parfumeras à la maison, papa et maman doivent t'attendre, ils ont dû être prévenus par la proviseure de tes nouveaux exploits, répondis-je, désespérée et incrédule.

— Justement, j'ai remarqué qu'ils étaient plus cools quand je sentais bon, ça va les attendrir, me confia-t-il, fier de sa technique.

S'il en était à concevoir des stratégies aux effluves magiques, je me dis que tout n'était pas perdu : il régnait encore dans son cœur une bonté fugitive.

Une fois arrivé à la maison, Lucien se réfugia derrière son ordinateur, les yeux rivés sur des lignes de code ou à jouer en streaming avec des inconnus, c'était souvent l'un ou l'autre, il passait sa vie derrière son écran quand il ne se bagarrait pas. Il était doué, j'étais convaincue qu'il pouvait mettre son talent à profit, mais pour lui, ce n'était rien d'autre qu'un grand divertissement. Il attendait la sanction, indifférent, obnubilé, mais finalement la soufflante fut reportée, il avait bien choisi son jour : le soir même, nous devions nous rendre au mariage de Lucie de Chamelier, la fille d'amis de mes parents, dans un palais grandiose situé en face du Bois de Boulogne. Trop accaparés par les préparatifs de ce mariage attendu, ils expédièrent les engueulades méritées au lendemain, pour ne pas gâcher cette soirée.

— Bonjour, famille Gautier, nous venons pour le mariage, renseignait mon père au réceptionniste, d'une voix féminine, presque déférant devant cet homme au visage académique, parfaitement peigné, les chaussures luisantes dans la nuit qui pointait.

— Bonsoir, Messieurs, Dames. C'est au bout du couloir, à gauche, en bas des escaliers, excellente soirée, lui répondit-il poliment, la voix suave d'un disque rodé.

Les yeux de ma mère pétillaient d'excitation. Ma robe noire bordée de dentelles tombait en cascade jusqu'à mes pieds, mon chignon me grattait un peu, mais je préférai ne pas le toucher, on sait jamais, tout pouvait s'écrouler. L'escalier majestueux accueillait les pas importants des convives. Des bouquets de fleurs fraichement coupées ornaient les tables, les murs étaient habillés d'immenses glaces qui reflétaient la lumière étincelante des lustres suspendus au plafond, joyaux de cristal et de bronze, intimidants et fascinants. Des bougies venaient ajouter une touche plus poétique et faisaient danser des ombres au sol. Partout, des nappes blanches immaculées étaient dressées, parfaitement tirées, sans le moindre pli, d'une raffinerie exquise. Les femmes avaient les joues illuminées de maquillage, les hommes balayaient la salle d'un regard vainqueur, les mains occupées à tenir une coupe de champagne, dans une effervescence capitale.

Étendus, souverains, éclatants, tous affichaient face aux petits fours leur sourire de gala. Après avoir déposé nos manteaux au vestiaire — tiens Adèle, chérie, tu veux bien garder les tickets s'il te plait, comme ça je laisse aussi mon sac à main au vestiaire — nous entrions dans ce lieu sacré, éblouis par cette beauté écrasante qui jaillissait de partout. Nous nous réfugions dans un coin préservé, loin du buffet, comme gênés d'incommoder. Seule ma mère, dans un accès de folie, tenta une incursion parmi les silhouettes. Les yeux lorgnant langoureusement le foie gras poêlé, elle s'élança. Fixant sa jupe, elle semblait implorer le pardon du regard à mesure de sa progression. Elle touchait au but et prit avec une joie contenue la petite assiette en porcelaine qu'un serveur lui tendait, avant qu'une dame ne s'exclamât : « pardon, ma fille attendait depuis tout à l'heure... ! ». Vaincue, ma mère répondit « bien sûr, tenez ! » avant de lui offrir l'assiette, soucieuse de déranger le moins possible et de nous rejoindre à nouveau, sauf Lucien qui avait déjà disparu.

— Maman, tu en veux ? Je fais la queue pour toi si tu veux, tu ne vas pas rester là toute la soirée, lui intimai-je, ivre d'une colère contenue.

— J'y retournerai dans quelques minutes quand il y aura un peu moins de monde, ne t'en fais pas chérie ! me répondit-elle, d'un air faussement assuré.

Finalement, elle ne retourna pas au buffet et ne goûtera donc jamais ce foie gras poêlé, peut-être même pas si bon que ça, qui sait, mais elle le méritait, je m'en voulais terriblement de lui avoir laissé le choix, je savais bien qu'elle dirait non, que tout irait bien, que ce n'était que du foie gras, mais non, on ne pouvait pas sans cesse chercher les issues de secours, il faudrait bien un jour passer par la grande porte.

Les rues étaient bordées de modestes maisons en brique rouge. Les quelques vieilles voitures qui stationnaient nous renvoyaient à des souvenirs d'enfance, face à des commerces qui semblaient avoir été là depuis toujours, figés dans le temps, simples et authentiques. Sans ces constructions géantes d'immeubles modernes, on se serait cru dans un décor de film, sur la France du Général et de Georges Brassens, avec moustaches et bleu de travail, TV en noir et blanc, monuments aux morts, lunettes noires, bals du samedi soir, soleil de plomb et ombre de la mémoire, fantômes de la guerre et fond de l'air tout rouge. On croisa dans cette petite rue grise un vieil homme soigneusement vêtu, rasé de près, la chemise à carreaux boutonnée jusqu'en haut, coiffé d'un béret noir usé mais élégant. Il marchait silencieusement, le long des arbres défraichis. On voyait bien que Goussainville avait perdu de sa superbe, elle ressemblait désormais à une vieille endormie, abîmée par la vie, affichant les stigmates d'un passé tourmenté, résignée à laisser partir ses petits qui rêvent d'ailleurs.

— On y est presque, c'est juste derrière l'église, me dit Mathieu, comme pour me rassurer.

Elle était d'une beauté insoupçonnée, en surplomb du centre-ville, habillant la commune d'une grâce biblique. De larges vitraux la ceinturaient, aux couleurs encourageantes d'arc-en-ciel, et un vaisseau central, monumental, se tenait bien droit en son cœur, d'une mélancolie flamboyante. Je m'attachai finalement à cette petite ville humble et modeste, mais pleine de charme et d'humanité. Goussainville était une bourgade paisible, mais qui abritait quelques foyers de têtes brûlées, aux côtés desquelles Mathieu avait fleuri. Élève brillant, il avait réussi à se faire domicilier chez sa tante qui vivait dans le 8e arrondissement de la capitale, pour rejoindre le collège Condorcet. Nous étions en première, dans la même classe depuis quatre ans désormais lorsqu'il m'invita à déjeuner dans sa maison natale, chez ses parents. Je sentis tout de suite en le voyant qu'il n'entrait pas tout à fait dans le moule traditionnel forgé pour les autres garçons de la classe.

Il se déplaçait souvent à vélo. Les muscles gonflés, les cheveux au vent, il défiait les lois de la gravité, contournait les obstacles et réalisait des pointes mémorables devant le lycée. Agile, concentré, infiniment libre, il fonçait vers l'horizon comme un oiseau en plein vol. Plus jeune, il aimait les deux-roues à moteur et avec ses amis d'enfance, il tournait souvent à scooter entre les pâtés de maisons de Goussainville, slalomant dans les rues, lui conférant aujourd'hui cette démarche si particulière. Il se présentait comme penché à gauche, plus près du sol, plus terrestre, mais aussi davantage à l'écoute du ciel avec son oreille droite. Là où les autres élèves se tenaient droits, le menton fier, le regard presque vide, lui se présentait courbé, le menton baissé, mais le regard haut plein d'esprit. Comme un cycliste du Tour de France encaissant les élancements musculaires, déterminé à faire son trou dans le peloton d'élite, il s'accrochait, sous ses airs rieurs, pour y arriver.

Derrière l'église, nous nous enfoncions dans une petite rue minuscule au calme intemporel, sous un toit de câbles électriques et de poteaux métalliques qui s'entrelaçaient. Les pavés étaient fissurés, laissant deviner le travail de sape du temps qui court. Cette rue semblait résister aux assauts de la modernité, refuge d'un chaos urbain où la vie s'écoule lentement. Un grillage noir nous accueillit, qui cachait une maison bien entretenue, aux murs blancs qui s'en tiraient indemnes.

Je fus surprise des efforts entrepris par ses parents pour me faire, semble-t-il, bonne impression. Ils avaient dressé une jolie table champêtre dans le jardin attenant à leur maison, avec une nappe jaune et bleu à fleurs blanches brodées, et ce qui devait représenter leur plus belle vaisselle, d'une porcelaine modeste, mais coquette. Mathieu aurait-il dit à ses parents qu'ils recevaient en ce jour celle qu'il convoitait, ou cette démesure d'ornements pour m'accueillir marquait simplement le plaisir de découvrir une amie de leur fils ? En tout état de cause, il semblait y avoir un décalage entre mon humble statut et la myriade d'attentions qu'ils prodiguèrent. Malgré la gêne qui m'habitait à cause de ce trop-plein d'honneurs, le déjeuner se déroula à merveille et ses parents s'avéraient bien différents de ce que j'avais imaginé. Le père, Philippe Daret, prenait grand soin de sa ligne et pratiquait de nombreux sports, de la boxe à la course à pied en passant par la natation. Il affichait un large sourire d'américain presque figé : je compris plus tard grâce à Mathieu qu'il l'utilisait comme un masque pour ne rien dévoiler et rester maître de ses émotions, en ne renvoyant qu'un sourire béat à la face du monde. Un Joker du quotidien, niché au fin fond du Val-d'Oise, déjeunant comme s'il s'agissait du repas le plus fabuleux qu'il eût à partager.

Michèle, la mère de Mathieu, se présentait ornée d'une coupe au carré blond vénitien, attentionnée et polie mais on voyait qu'elle aimait bien parler et être écoutée. Déformation professionnelle sans doute. Elle avait la formule ciselée, le verbe haut et une sympathie contagieuse. Elle exerçait, de ses mots, « le plus beau métier du monde » : professeure. « Vous savez, c'est bien plus qu'un métier, c'est une vraie vocation, nous confiait-elle. Chaque année, on repart de zéro, avec une nouvelle classe, de nouvelles difficultés, de nouveaux caractères... On reprend tout et on essaye au mieux de leur transmettre ce qu'on sait. »

En la regardant, je pensais à mon ancien professeur d'histoire-géographie, M. Sernin, qui partageait avec Mme Daret la même passion et le goût de la transmission. C'était un homme trapu et rond, d'une cinquantaine d'années, qui s'habillait par nécessité, c'est-à-dire sans appétence particulière pour la noblesse des tissus et couleurs, au crâne dégarni malgré quelques dizaines de cheveux lui tombant jusqu'aux épaules. Il parlait comme s'il avait une sucrerie dans la bouche, bien qu'il n'en fût rien, ce qui supposait une attention certaine pour le déchiffrer. Mais qu'importe le flacon, pourvu qu'il y ait l'ivresse. Et avec M. Sernin, lorsqu'on voulut bien s'accrocher, se concentrer et l'écouter, on accueillait au creux de son oreille des paroles enivrantes, on voyageait à travers les époques comme l'on prendrait *l'Orient-Express* pour visiter des contrées reculées. Il nous racontait l'Empire, le congrès de Vienne, l'Indochine, la guerre des Étoiles, les gueules cassées, les funérailles nationales de Victor Hugo ou encore la Triple Entente avec délectation. Il nous transportait au cœur de chacun de ces événements. Souvent, je pense à ce bon M. Sernin. Sans ce goût pour la grande histoire qu'il m'a merveilleusement transmis, la petite histoire aurait sans doute été différente.

Je me resservis de cette délicieuse mousse au chocolat préparée par Mme Daret en me demandant qui pouvait bien être son M. Sernin à elle. Elle nous raconta les difficultés de son métier, sans toutefois donner l'air de se plaindre : manque de soutien hiérarchique, salaires en berne, parole constamment remise en cause par les parents… « Le grand problème de l'école, c'est qu'elle manque d'humanité, nous raconta-t-elle. Les profs sont pris en tenaille entre les élèves, qui ne les écoutent plus, et leur direction, qui les délaisse. Le stress engendré devient impossible à supporter. Moi je suis sur la fin, je tiens bon, mais mes collègues qui débutent, à peine plus vieux que vous, sont pour beaucoup en dépression. Il y en a une qui est restée même pas un an avant de faire un burn-out, elle a explosé en vol, elle ne s'attendait pas à ça la pauvre… »

Je repartis du déjeuner en milieu d'après-midi avec Mathieu, humant l'air frais des petites joies. Sur le trajet du retour, il se moqua gentiment de ses parents, comme pour se dédouaner d'une quelconque maladresse qu'ils auraient pu commettre. En réalité, ils avaient été parfaits et même si je n'ai pas eu l'occasion de les revoir, leur souvenir ne m'a jamais quittée, parce qu'ils étaient simples, modestes et bons, de ceux qui donnent envie qu'on les défende. Alors que nous étions dans le RER pour rentrer chez nous, agglutinés les uns aux autres dans cet espace bondé aux collisions transpirantes, Mathieu me confia : « ma mère pense que l'école n'est plus que l'ombre d'elle-même. Toute mon enfance, elle me répétait que les gouvernements ont abandonné l'école et qu'elle croulait sous les paperasses administratives. C'est pour ça que j'ai toujours fait gaffe à avoir de bonnes notes, je sais que c'est ce qui détermine ta vie plus tard et que tout se joue maintenant. Moi je trouve que nos profs à Condorcet ont l'air d'aller, non ? Enfin sauf Mme Champignet, elle me déteste en plus cette sorcière ! ». Il éclata alors de rire. Il était comme ça Mathieu, le verbe acide, mais le regard tendre. Je promenai un œil curieux autour de moi en pensant à sa mère, à sa jupe de lin gris passé, à son petit médaillon en argent qui dansait sur son chemisier à carreaux, admirant la beauté contrariée de ceux qui nous entouraient. Les traits tirés, grossis, creusés, le sourire mort, je les imaginai au mariage de Lucie de Chamelier et me dis qu'ils auraient sans doute bousculé la foule pour accéder au foie gras poêlé : ils méritaient, eux aussi, d'y goûter.

La vidéo datait de 1970. L'INA venait de la publier à l'occasion de la journée internationale des droits des femmes, le 8 mars. Par le hasard des mécaniques algorithmiques, je tombai dessus en me baladant sur Instagram, assise à mon bureau, repoussant de quelques minutes encore les assauts de mon cours de droit constitutionnel qui commençait à s'impatienter. Images en noir et blanc, tenues démodées, coiffures qui me rappelaient celles de mes grands-parents : tout avait mal vieilli, sauf les propos de Françoise Giroud qui éclataient de vérité face à un ancien Garde des Sceaux oublié. Un bandeau bleu en préambule rappelait qu'elle était alors directrice de l'*Express* et que l'émission s'appelait *À Armes égales*. Elle affirmait d'abord, en majesté, que non, ils n'étaient pas à armes égales, que le poids du sexe envahissait l'espace, impalpable mais indépassable, indéniable, annonçant d'avance le vainqueur et la vaincue. Que le physique d'une femme la rendait inlassablement prisonnière, qu'on ne cessait de nous le renvoyer à la gueule en permanence, jamais rien sur ce qu'il pouvait se passer entre nos deux oreilles, non, ou si peu, mais mes boucles d'oreilles, mon regard d'ange, mon sourire de fée, ça oui, tout le temps, et c'était insupportable, elle disait tout et faisait exploser en moi ce que j'étais incapable de formaliser aussi justement. Avec sa voix si ronde et ses yeux doux-amers, étendard d'une guerre en dedans si largement partagée, elle brillait face à un ministre à l'œil compétent, qui toussait à la recherche d'une répartie, orgueilleux, convaincu de sa gloire, au sourire dégoulinant, les plis cruels à l'ombre des commissures des lèvres. Le misogyne en chef prétendait qu'on avait alors « décolonisé les femmes » : droit de vote, éligibilité, réforme des régimes matrimoniaux, création du Planning familial, mise au point de la pilule... Il était tout fier de réciter sa bonne leçon et d'égrener solennellement des mesures dont le nombre se comptait sur les doigts des deux mains, ébloui par sa propre gratitude, savourant les relents d'une vie accomplie, offrant au grand public mal informé la profondeur de ses réflexions, grand seigneur. Mais Françoise Giroud, d'un air si doux, le mitrailla de révélations. D'un sang de velours, elle triomphait de la force et faisait mentir le déterminisme. Elle rappelait la réalité tenace de la vie des femmes de l'époque, les mutilations, l'oppression, la violence brutale et sournoise, les inégalités crasses, avant de prendre l'émotion du public à témoin en racontant l'histoire de Danielle, jeune femme de vingt-deux ans, rejetée par tous, morte trois ans plus tôt des suites d'un avortement clandestin pratiqué dans une cave abandonnée lugubre, sans aucune condition d'hygiène : un tube en plastique avait été oublié dans son utérus. Je la regardai comme un miracle. Elle filait droit vers l'idéal, invincible, pendant qu'en face on étouffait dans son nœud de cravate tel un ballon trop gonflé qui ne manquerait pas d'air. Son intelligence, son audace, son impertinence crevaient l'écran. Elle semblait indiquer la voie, tracer un chemin qu'il nous fallait suivre pour porter plus loin le flambeau.

Je voulais dès lors lui ressembler, lui dire que son appel avait été entendu et que tout n'était pas perdu, qu'il y avait ici, plus de cinquante ans plus tard, un écho pas encore étouffé de sa voix et de son combat, qu'elle continuait d'éblouir malgré le poids du temps et les tentatives réalisées depuis lors, qu'on n'avait à ma connaissance toujours pas fait mieux. Mais par quel bout prendre ce désir d'engagement ? Vers qui se tourner ? La seule personne que je connaissais qui était engagée dans un parti politique ou une association était Nelson, un ami au visage imberbe constellé de taches de rousseurs avec qui je partageai les bancs à l'université. Nous poursuivions alors notre licence de droit à Paris II Panthéon-Assas, dans ce « temple de l'excellence à la française, mais résolument ancré dans son époque pour accompagner les transformations juridiques de la société » comme l'avait ânonné le Président de l'université lors de notre arrivée. Nelson était engagé chez Les Républicains et me racontai souvent ses tribulations politiques. Il réalisait en majorité des tâches assez ingrates — collage d'affiches, distribution de tracts, porte-à-porte... — mais avait conscience qu'il s'agissait d'un passage obligé pour gravir les échelons. Il me parlait aussi, avec un plaisir contagieux, des rencontres, des idéaux de jeunesse, des grands fauves, des campagnes électorales d'hier et d'aujourd'hui. Alors que nous déjeunions à la cafétéria, je lui fis part de mon souhait de m'engager et de prendre ma part. Il me répondit, l'œil rieur : « ta part de quoi ? Ça ? » en me tendant, de son bras élastique, un bout de la quiche qu'il croquait, mais c'eut été trop long de lui expliquer tout ce que j'avais en moi. Sans doute que les personnes que j'avais rencontrées et mon éducation m'y poussaient inconsciemment, par un impulsif altruisme. On ne pouvait pas se contenter d'accepter tout ça sans broncher, de baisser la tête, de s'entendre dire « c'est comme ça », il fallait être solidaire avec toutes les Françoise du monde qui nous ont précédées. Sans doute également étais-je mue par une ardente ambition, comme si j'avais quelque chose à prouver. À qui ? Je n'en savais rien, mais je voulais être en haut de l'affiche. Sans doute, enfin, avais-je envie d'être aimée, et je pressentais que la politique pouvait offrir cette débauche d'affection. Alors que j'hésitai encore et évoquai le fait de rejoindre une association plutôt qu'un parti politique, il m'affirmait :

— Mais non, tu ferais une grosse connerie en rejoignant une asso. C'est en politique qu'est le pouvoir, c'est là que les décisions se prennent. Si tu veux vraiment être utile, avoir un impact, il vaut mieux t'engager en politique. Les assos font un boulot incroyable, elles sont indispensables, mais elles n'ont pas la même portée, elles défendent leur cause auprès des politiques, qui *in fine* tranchent. Tu as toute ta place chez les LR, honnêtement !

Je souriais à cette idée en finissant mon Coca désormais tiède, les yeux idiots d'un héroïsme imaginé, rêveuse, sentinelle de la société.

— Tu pourrais m'introduire à la section locale du 8ᵉ arrondissement ? lui demandai-je alors, piquée de curiosité.

À nous deux.

En frappant à la porte de l'antenne locale des LR, je rencontrai Éric, d'une cinquantaine d'années, propre sur lui comme je m'y attendais, plutôt courtois et coiffé d'une calvitie qu'on ne pouvait plus qualifier de naissante. Il dirigeait la section locale de l'arrondissement depuis six ans et en connaissait tous les méandres.

— Alors, tu veux t'engager dans notre famille politique ? me demanda-t-il.

Ma première pensée fut de lui répondre que j'avais déjà une famille admirable, merci, c'est gentil, mais je lui assurai finalement, armée de mes premières convictions sur l'engagement, qui auraient pu s'appliquer auprès de n'importe quelle formation politique :

— Je crois en l'engagement de chacun. Il y a des causes, mais aussi, partout autour de nous, des modestes, des invisibles, des admirables qui méritent d'être défendus corps et âme : je veux y prendre ma part.

— Excellent ! Viens, je te fais visiter.

Il me dévoila alors l'étroit quoiqu'honorable local : une pièce centrale pour les réunions, deux bureaux, une petite cuisine et des affiches, recouvrant chacun des murs, de précédents candidats LR à l'élection présidentielle ainsi qu'aux élections locales.

C'est ainsi que je commençai à militer localement, auprès de la section jeune, où je réalisai successivement toutes les tâches ingrates décrites par Nelson. Je pris vite goût à ces rencontres diverses, au local, sur les marchés le week-end, ou encore dans les meetings. Grisée par l'adrénaline, accaparée par le travail, je ne voyais pas le temps passer et parvenais à m'imposer petit à petit.

Après une année de militantisme acharné, menée tambour battant en parallèle de mes études de droit, je m'étais rendue, selon Éric, indispensable. Alors que je déjeunais chez mes grands-parents, je reçus un appel de sa part :

— Je viens d'avoir Lemaître au téléphone, je lui ai parlé de toi, elle veut te rencontrer. Tu serais dispo lundi prochain à 19 heures ?

Catherine Lemaître était la maire du 8e arrondissement de Paris depuis dix ans. Élégante conservatrice de cinquante-deux ans, elle cachait derrière son tailleur Chanel et son sourire de princesse un appétit politique vorace : elle était prête à tout, et avait fait parler tout son sens politique pour parvenir à ses fins et être élue. Les militants du bas de l'échelle, qui s'étaient engagés à ses côtés dès le début de son aventure politique, m'avaient raconté une anecdote qui en disait long sur la bête : alors qu'elle participait à l'élection présidentielle de Bruno Revari, le candidat LR, elle s'était retrouvée un soir au Q.G. après un meeting de ce dernier avec tous les élus et collaborateurs pour le débriefing. Bien consciente qu'il aurait été malvenu de tenter une avance auprès de Revari, elle jeta son dévolu sur son directeur de campagne, jeune énarque de trente-trois ans au physique repoussant : elle le connaissait à peine, mais l'enferma dans son bureau et le soulagea de toute cette pression si longuement accumulée. Ce malheureux technocrate, bien que rompu à la fréquentation de ces voraces, avait si peu l'habitude qu'une femme se livrât ainsi à lui qu'il ne put s'empêcher de raconter la scène à ses amis, dont l'un d'eux connaissait le chef de section locale du 8e arrondissement. Le passage sous le bureau avant le passage aux tribunaux. En politique, l'habit ne peut faire le moine, ils sont tous déguisés de la même manière : costume foncé, chemise claire et cravate pour les hommes, tailleur pour les femmes. On apprend vite à dépasser la parure.

Avant ce fatidique lundi au cours duquel je m'apprêtais à rencontrer Lemaître, j'avais croisé son chemin une demi-douzaine de fois. Elle m'avait salué poliment, en me regardant profondément dans les yeux, comme font toutes les personnalités politiques dignes de ce nom. C'est Nelson, le premier, qui me fit remarquer ce réflexe :

— Tu verras, on peut classer les politiques en trois catégories selon la manière dont ils te disent bonjour : les débutants, qui te regardent à peine ; les initiés, qui prennent soin de te regarder bien dans les yeux et qui s'arrêtent au moins quelques secondes sur chacun ; et les experts, qui non seulement te regardent dans les yeux, mais prennent ta main en sandwich, entre les leurs, en te la serrant.

— En fait, plus ils se trouvent en haut de l'échelle et plus ils consacrent du temps à saluer tout le monde, lui rétorquai-je.

Je ne pus que lui donner raison au fil de mes rencontres avec ces boulimiques de pouvoir. Loin de moi l'idée de les juger, je prendrai bien assez tôt leurs codes, leurs tics et leurs manies, mais force est de reconnaître que quiconque les a fréquentés les distinguerait d'un regard, ou plutôt d'une poignée de main.

C'était un lundi ensoleillé, l'été n'était pas encore prêt à nous quitter et se poursuivait au-delà de la limite impartie. J'arrivai légèrement transpirante à la mairie du 8e arrondissement avec cinq minutes d'avance, juste ce qu'il faut. Tailleur beige, caraco à fines bretelles noires et escarpins en chèvre velours m'offrant cinq petits centimètres de hauteur : j'avais porté un soin tout particulier à être élégante sans en faire trop. Une femme, ça apprend dès la naissance à « être élégante sans en faire trop ». Personne ne m'avait jamais entonné cette injonction, celle-ci jaillissait de manière presque innée : c'est ce millier de petites choses qui vous fait comprendre que oui, une femme, elle doit être élégante, bien entendu, en toutes circonstances, mais elle ne doit jamais en faire trop, non, surtout pas. Toutes ces fringues que je me suis interdit de porter, presque inconsciemment, durant mon adolescence, ces *crop top*, ces jeans taille basse, ces couleurs criardes… Rien de tout cela pour mon frère Lucien, qui jouissait d'une liberté totale pour choisir ses vêtements. Jamais un mot s'il mettait un jean troué, un haut trop large ou une casquette : on pardonnait tout à un jeune homme, mais une femme, elle, elle devait tenir la dragée haute, à chaque instant, à tout âge. Toute ma jeunesse, j'ai eu le sentiment que le champ des possibles vestimentaires était limité.

Alors que j'attendais sagement dans le couloir du premier étage de la mairie, Catherine Lemaître appela sa secrétaire, assise juste devant moi derrière son ordinateur, pour la prier de me conduire à son bureau.

— Ah, Adèle, viens, entre ! Ravie de te rencontrer. Assieds-toi là, me lança-t-elle.

Elle me pointa de la main le canapé en cuir noir, immaculé, qui sentait le neuf et bruissait lorsque je déformai sa peau encore raide en m'asseyant. Elle avait imprimé mon CV, qu'on m'avait demandé de lui envoyer la veille, sagement posé sur la petite table à côté de son fauteuil. Je me dis que je devais lui prouver que j'étais bien plus que ces quelques caractères noirs sur une simple feuille A4, trop réducteurs. Intimidée, je croisai les jambes d'un air d'intelligence, les mains sur mes genoux, l'une sur l'autre, j'avais vu ça chez une actrice, je crois, ça offrait une prestance qui se passait de commentaires. Elle embraya de suite, habituée, d'une voix douce et maternelle :

— Éric m'a dit beaucoup de bien de toi ! On a besoin de jeunes dans le 8e, notre arrondissement est vieillissant, tu sais.

— Oui, je sais, lui répondis-je, prise de court par cette pente glissante de la pyramide des âges. Je suis très honorée d'être là en tout cas et je vous remercie infiniment de me recevoir, ajoutai-je, un sourire discret au coin des lèvres, le regard humble.

— Tu es à Assas, c'est ça ?

— Oui, exactement, en troisième année. Arrête avec tes oui, me dis-je, trouve autre chose, elle va se lasser. J'ai fait toute ma scolarité à Condorcet avant de choisir Assas. Depuis toute petite, je voulais faire du droit et mes parents...

— Un café, mademoiselle ? me coupa sa secrétaire, discrètement entrée dans le bureau sans que je m'en aperçoive, avec son tailleur professionnel impeccablement boutonné et son brushing de trois jours, gazelle gracieuse, distinguée mais vive, à la voix mélodieuse.

— Non, merci beaucoup, c'est gentil, dis-je. Tu en fais trop Adèle, pensai-je, ce « c'est gentil » était inutile.

Elle fut remerciée par Catherine Lemaître d'un sourire et s'en alla avec une rapidité remarquable.

— Tu verras, c'est important le droit quand on veut faire de la politique, avança la maire à pleine voix. J'ai fait Sciences Po, ça m'a manqué le droit, on n'en fait pas assez. Je venais d'hypokhâgne, j'adorais les cours, mais je ne voulais pas être prof.

— Je comprends, vous étiez attirée davantage par l'action, j'imagine.

— J'étais bouffie d'idéaux, comme tous les jeunes, sans doute. Le ministre de la Culture venait alors de lancer la grande mesure « Culture & Vous » et j'avais organisé dans ce cadre-là, avec des amis, des séances de cinéma en plein air dans des musées de l'arrondissement. On avait notamment projeté *Orphée* de Cocteau dans la cour du musée Jacquemart-André : c'était quelque chose !

Nous étions bien loin d'Assas, mais je l'écoutai religieusement, opinant de la tête à intervalles réguliers. Elle était d'un charme envoûtant, le teint éblouissant, plongeant ses yeux dans les miens, se recoiffant avec de fines mains de jeune fille.

— C'est grâce à cette initiative que le Ministère de la Culture nous écrivit pour nous féliciter et quelques mois plus tard, j'entrai au Cabinet.

Il me semblait qu'une sorte de douce nostalgie parcourait ses traits.

— J'ai adoré cette époque. Mais on ne m'a fait aucun cadeau, tu sais. Il faut croire beaucoup en soi pour croire en les autres. Je ne m'imaginai pas faire ma vie en politique au départ et puis j'y ai pris goût même si ce n'est plus ce qu'était, tout a beaucoup changé avec les médias en continu, les réseaux sociaux, la transparence à outrance… C'est un vrai sacerdoce désormais, c'est d'une violence inouïe. Si tu me permets de te donner un conseil, Adèle, ajouta-t-elle malicieusement, avec fausse modestie mais vraie générosité, toi qui débutes, ne te laisse jamais marcher sur les pieds. En politique, il faut que tu sois une tueuse. Moi je le suis, mais je tire en face. C'est peut-être ma plus grande faiblesse, je n'ai jamais été douée pour la trahison.

Je restai une demi-heure dans son bureau à l'écouter, buvant ses paroles, l'œil perdu dans les grandeurs. Souriante, le menton haut, je repartis de ce rendez-vous opposant aux passants un visage triomphant, celui qu'affichent les confidents des Dieux, suivant la marche des trains qui les conduisent à leur avenir radieux. Aspirant la vie à plein nez, passionnée, j'avais été envoutée par la musique d'Orphée.

Au fin fond d'une sombre cuisine d'un restaurant japonais du 9e arrondissement parisien, Steven, sans-papiers malgache arrivé en France quatre ans auparavant, préparait les sushis. Il paraissait jovial, débrouillard et souriant comme un enfant perpétuellement émerveillé par tout ce qui l'entourait. Malgré la dureté de son quotidien, il s'estimait plutôt heureux : il disposait de quoi se payer un toit et envoyer cinquante euros tous les mois à sa famille restée sur l'île africaine, et s'autorisait même de temps en temps un petit joint, pour souffler, en rentrant chez lui après son service. Il ne connaissait pas grand-chose aux sushis au départ, mais était motivé comme personne pour travailler. Après avoir écumé une cinquantaine de restaurants pour proposer ses services, il frappa à la porte de *Sakura Sushi,* qui venait de perdre un employé deux jours auparavant. C'est ainsi qu'il commença à y gagner son pain.

Mathieu habitait non loin de là et avait ses habitudes chez *Sakura* : il y emmenait tous les mois sa petite amie,

Noémie. Le cadre se révélait relativement élégant, les prix corrects pour le quartier et tous deux raffolaient de sushis. Une nouvelle fois, Mathieu organisa un diner à quatre avec un célibataire qu'il souhaitait me présenter. Il voulait que je sois heureuse, je n'en doutais pas, mais il avait cette fâcheuse tendance à lier mon bonheur à mon statut conjugal. En réalité, je prenais un plaisir certain à multiplier les amants et à découvrir la passion des corps.

J'avais à peine seize ans lorsque je me donnai pour la première fois à un homme, un certain Florent, particulièrement maigre et timide, mais aux yeux verts envoûtants. Nous étions dans la maison de campagne de Jeanne, en Normandie, où nous le retrouvions souvent avec sa bande d'amis durant ces escapades estivales. Il n'était pas du tout mon genre, mais je brûlai d'impatience de découvrir le continent érotique si longtemps caché. Ce soir-là, j'abandonnai Jeanne pour passer la soirée avec lui. Ça te dit qu'on se pose chez moi demain soir pour regarder un film ? m'avait-il écrit la veille, alors que nous nous tournions autour depuis plusieurs jours. Un Coca chacun, un fond musical de hip-hop américain, mais une gêne terrible envahissait la pièce, ça ne prenait pas encore, alors on ouvrit une bouteille de vin pour se donner courage et bonne allure avant d'aller dans sa chambre et finalement, debout contre la porte, d'un geste brouillon, mécanique, attendu, il me déboutonna craintivement mon jean après avoir posé ses lèvres sur les miennes, sans vraiment bouger pendant de longues secondes, attendant que l'alchimie opère comme par magie, mais ça ne marchait pas comme ça, il fallait y mettre du sien, alors je décidai de prendre les choses en main, sans savoir vraiment par où commencer, je l'embrassai à pleine bouche, puis dans le cou, tentant de retirer sa ceinture, mais elle résistait, c'était une boucle en O qui ne se laissait pas apprivoiser, il avait choisi le mauvais jour pour mettre cette putain de ceinture qui était malgré tout trop grande pour lui, tout comme son pantalon qui flottait un peu, donc je choisis de le tirer vers le bas, emportant tout avec moi, son pantalon et son caleçon, et voilà que Florent se retrouvait, en l'espace de quelques secondes, complètement nu, le sexe dressé, droit comme un piquet. Il se résolut à m'allonger sur le lit et à s'enfoncer en moi, d'abord timidement puis avec de plus en plus d'énergie. Il avait terriblement envie de se moucher, mais n'osait pas me l'avouer et interrompre ce moment, il savait bien qu'il tenait sur un fil, alors il reniflait à intervalles réguliers en tentant d'être le plus discret possible, couvrant les bruits par un gémissement feint. Se doutant que j'entendais malgré tout ces reniflements incessants et ne parvenant pas à s'en libérer, il changea alors de stratégie pour y aller franchement, de manière assumée, à grands coups d'aspirations nasales, mais de manière plus épisodique. Finalement, rien n'y fit : alors qu'il me pénétrait de plus en plus fort, le souffle court, la bouche entrouverte, il éjacula de partout, du nez et du sexe, dans un mouvement d'éclaboussure synchronisé, brusquement, violemment, le corps maculé, les joues marbrées, la moustache trempée. J'avais mal, je saignai un peu, mais j'étais enfin dans la cour des grands, prête à explorer un désir jusque-là étouffé.

Je pris vite goût à ces rencontres multiples, j'aimais particulièrement le saut dans l'inconnu, la découverte d'un autre, l'ivresse de l'occasion. À travers chaque homme que je fréquentai, j'avais l'impression de visiter un petit monde, une part de l'humanité, comme un fragment de notre temps. Romain m'avait, sans le savoir, initié à l'architecture et à la beauté des bâtiments, Antoine à l'économie, Louis à l'impressionnisme, Jérôme au rock — je ne peux désormais écouter un titre des Rolling Stones sans penser à lui — Kévin à la gastronomie orientale. Une seconde éducation, en somme, construite à partir de l'accumulation des corps : je collectionnai donc les amants avec curiosité et enchantement.

Mais voilà, pour Mathieu, il fallait rentrer dans le moule, lui qui se montrait autrefois si peu conventionnel. Il était temps de se caser, de se ranger, de tourner cette page-là, de construire, d'avancer, pour mon bien évidemment, je peux te présenter plein de mecs avec qui je te verrais trop, me disait-il sans grande conviction, alors pour lui faire plaisir, par curiosité, parce que je n'avais pas grand-chose à perdre, j'acceptai ses propositions.

Je me trouvais donc là devant Mathieu, Noémie et un certain Paul, qui travaillait avec Mathieu depuis désormais un an. Un jeune homme bien sous tous rapports, sauf peut-être horizontal, aux cheveux frisés et à la barbe prononcée, grand, fort, rond. Derrière cette imposante carapace menaçante se cachait un homme doux, rieur et attendrissant : il avait dû y avoir une erreur quelque part lors de sa conception, car le fond ne correspondait en rien à la forme. Après quelques amabilités convenues, au cours desquelles je racontai la raison de mon retard — un appel interminable avec ma tante — et Paul m'expliqua son métier, *operations manager* dans une start-up parisienne, nous commandions du saké pour briser la glace. Au fil des verres, le physique de Paul ressemblait de plus en plus à Jack Black en version dégradée, ce que je lui confessai au cours de la soirée, mais qu'il n'apprécia visiblement pas. J'avais envie de lui crier : « tu sais bien que tu n'es pas Brad Pitt donc sois heureux, j'ai pas dit Depardieu non plus », mais je lui répondis finalement « c'est un bel homme Jack Black, drôle et touchant ! » Je n'étais de toute façon pas disposée à me caser et ce dîner, bien qu'agréable, ne me convainquit pas davantage. Nous fûmes toutefois les derniers clients à partir du restaurant, alors que la cuisine était déjà rangée et fermée. Après avoir salué Mathieu, Noémie et Paul, en lui glissant par charité chrétienne un « à bientôt, j'espère » sans en avoir nullement l'intention, je reconnus le cuisinier à quelques mètres de là en train de fumer son joint au coin de la rue : il avait quitté le restaurant au même moment que nous et je décidai de le rejoindre, le temps de fumer une cigarette.

— Je peux te tenir compagnie cinq minutes ? lui demandai-je sans trop savoir pourquoi.

— Bien sûr, mais je suis désolé, je n'ai rien d'autre à fumer si c'est ce que tu cherches !

Steven semblait surpris qu'une femme s'arrêtât pour discuter avec lui, a fortiori une cliente du restaurant. Je lui répondis :

— Non, ce n'est pas pour ça, rassure-toi... Pour être tout à fait honnête, tu avais l'air ravi de travailler dans cette cuisine étouffante, ça m'intriguait...

— Ah oui, c'est une vraie chance, j'en suis conscient ! J'ai plein de copains du pays qui aimeraient être à ma place. Mais c'est vrai que la situation est difficile pour les gens comme moi, on se tue pour arriver ici, on bosse sans compter nos heures pour faire des petits boulots dont personne ne veut, on fait chier personne, et certains veulent nous renvoyer crever sur nos terres !

— Ah, tu penses à qui ?

— Aux politiques, à l'extrême droite. Moi, je m'en fous, je fais pas de politique, mais on verra ce qu'il se passera s'ils arrivent au pouvoir et qu'on dégage. L'économie sera à l'arrêt, c'est ça qu'ils réalisent pas.

Steven me raconta qu'il venait d'un petit village malgache dénommé Sakaivo, isolé à plus de mille trois cent cinquante mètres d'altitude sur les hauts plateaux du sud-est de

Madagascar, orné exclusivement de maisons en bois. Il avait quitté sa terre natale et sa famille à l'âge de seize ans, sans trop savoir où aller dans un premier temps, mais avec l'envie de lever le voile sur le monde après l'avoir tant imaginé. À force de fouiller dans sa mémoire, il devenait de plus en plus bavard, sans toutefois s'abandonner à un récit larmoyant de son passé. Il n'avait, depuis son départ, jamais refoulé la terre de ses ancêtres. C'était un homme de migration, un homme du nulle part, caché au fond d'une cuisine comme on se dérobait à la suite d'un crime. Un Rimbaud des *Illuminations*, qui en aurait « assez vu, assez eu, assez connu » de cette terre primitive dont il avait si vite fait le tour. Pour se libérer, il faut parfois s'enfermer. Je le quittai quelques minutes après, non sans lui avoir demandé son numéro de téléphone, sans trop savoir ce que j'allais en faire.

Sur le chemin du retour, je me hasardai à prendre au sérieux sa supposition : que se passerait-il si ces invisibles venus d'ailleurs quittaient notre pays, ces cuisiniers, ces femmes de ménage, ces ouvriers, toutes ces professions aux gestes mécaniques répétés, aux horaires de travail morcelés, aux corps cassés ? Je le savais, ils représentaient pour notre pays une richesse souterraine que l'on fuyait du regard, nous ne pouvions pas les abandonner, nous avions charge d'âme.

Jeudi 21 février, 22 h 44 : il me suffit d'un SMS pour que Quentin, mon amant du moment m'accueille chez lui, douze minutes pour se saluer et engloutir un verre de haut-médoc, trente-six minutes pour se découvrir et se dévorer, sept minutes pour se rhabiller et se quitter. Moins d'une heure après mon arrivée, l'affaire était pliée.

Je décidai ce jour-là de passer prendre un dernier verre chez Jeanne avant de rentrer chez moi, habillée d'une fine pluie que j'appréciai particulièrement pour l'état de dépouillement dans laquelle elle me plaçait. Dépouillée, oui, c'est ainsi, me semble-t-il, que je me trouvais, et le regard enveloppant de Jeanne était alors le plus réconfortant vers lequel me tourner. Non pas que je me sentisse abandonnée par mon amant, non, il aurait certainement préféré dormir avec moi, mais le fait était là : je n'aimais rien de plus que le jeu de la séduction et les plaisirs charnels. Je ne passais pas vraiment pour une romantique et me satisfaisais finalement de peu en amour. En somme, je vénérais surtout le merveilleux, l'extraordinaire, l'exaltation. Rien de tout cela malheureusement dans une relation installée, ni même dans une rencontre qui se prolonge au-delà de quatre ou cinq rendez-vous. Non, après cela, tout retombe, et la banalité d'un quotidien plat vous rattrape. Très vite, la question n'est plus de savoir ce que pense l'autre sur les grands mouvements artistiques, la passion amoureuse, l'héroïsme d'une Simone de Beauvoir ou encore la modernité d'un Fellini, mais ce qu'il a mangé le midi, pourquoi il n'a pas encore changé cette ampoule qui clignote dans la salle de bains qu'il avait promis de remplacer, ou jusqu'à quelle heure il a prévu de se rendre chez sa belle-mère samedi prochain. Avec un peu d'effort, on en viendrait presque à se demander combien de fois a-t-on été aux toilettes aujourd'hui ou si l'on a bien bu ses huit verres d'eau recommandés.

Je marchai vers chez Jeanne, en plein cœur d'une nuit noire que les étoiles avaient désertées. Seul le bruit de quelques rares voitures venait rompre le silence du quartier, déjà largement endormi. Je me présentai dans cette minuscule rue que j'avais l'habitude d'emprunter pour gagner du temps, sur le flanc de laquelle se trouvait l'entrée d'un immeuble de bureau en contrebas, bordée d'une double rangée d'escaliers.

Alors que j'avançai d'un pas pressé, j'entendis des gémissements qu'on tentait d'étouffer, des cris sourds, une voix qu'étranglaient les sanglots. À cela se joignait un petit bruit difficile à reconnaître, mais qui sonnait comme le claquement d'une ceinture contre le bouton en métal d'un jean. Je m'approchai de ce contrebas et vis une main massive, ridée et crasseuse, scotchée sur la bouche d'une jeune fille à l'agonie, courbée, bâillonnée, terrorisée, le corps nu soumis, chaque centimètre de son corps enchaîné et l'esprit déchaîné. L'espace d'un instant, l'œil hagard de la victime tomba sur le mien : des yeux d'un bleu profond, écarquillés, aux larmes débordantes. Un regard perçant qui me fixait convulsivement et criait à l'aide, m'implorant d'intervenir. J'eus à peine le temps de distinguer un grain de beauté sous son œil gauche, avant de détourner le regard.

Je m'arrêtai net, pétrifiée, complètement paralysée, dans le silence de la nuit seulement dérangée par ce cauchemar visuel et auditif à qui voulait bien l'entendre. J'aurais dû crier, appeler les secours, réveiller le quartier. J'aurais pu m'interposer, frapper la bête, secourir cette chair martyrisée. Mais non. Rien de tout ça. J'étais là, interdite. Immobile. Lâche. J'abandonnai une âme fauchée sous mes yeux.

Je m'éloignai finalement à petits pas, presque pour ne pas déranger. Je regagnai mon chemin et rentrai misérablement chez moi, le cœur glacé, l'esprit embrumé. C'était pour moi une déflagration. Mon empathie supposée ? Ma soif de justice ? Mon engagement politique pour faire advenir un monde meilleur ? Tout cela n'était que foutaises : ma lâcheté m'explosa à la gueule en l'espace de quelques secondes.

Je ne pouvais me regarder dans un miroir. Je recouvris chacune des glaces qui habillaient mon appartement de longs draps. Mon image m'était désormais insupportable. Comment avais-je pu rester immobile ? Je tentais de passer à autre chose, d'oublier et de m'oublier, sans y parvenir : tout me ramenait à ces pensées. Je saisis une bouteille de vin qui traînait dans mon réfrigérateur, en espérant noyer mes cauchemars dans ce liquide enflammé. Mais au lieu de me détacher de mes cogitations, l'alcool fit valser mon imagination autour du crime : je ressassais cette scène au quintuple, en élaborant toutes sortes de scénarios. J'imaginais ce qu'il se serait passé si j'étais intervenue ou si j'avais frappé cette bête au visage. Je rêvais qu'il prît la fuite, je me projetais en train d'enlacer dans mes bras salvateurs la pauvre victime et de l'accompagner au commissariat en la rassurant. Je songeais également à ce qu'il se serait passé si j'étais arrivée quelques minutes auparavant : m'aurait-il violée ou attendait-il spécifiquement cette femme ? Et si nos rôles avaient été inversés, m'aurait-elle secourue ? Toutes ces questions se bousculaient dans ma tête, sous l'action du vin : on était loin de l'effet escompté. J'enchaînais les cigarettes, je disparaissais derrière leurs vapeurs et je priais pour que mes pensées en fissent autant. Mais j'étais toujours occupée à réécrire la scène, me renvoyant à la gueule, à chaque fois, cette *happy end* que j'aurais dû permettre. J'avais été témoin de ce que d'aucuns qualifiaient « d'ensauvagement de la société », manifesté par un viol en plein Paris dans le bourgeois 8e arrondissement, qui servirait lamentablement, dès le lendemain, d'argument électoral pour une partie de l'extrême droite parisienne voyant dans ce drame la confirmation de leurs prédictions.

Je me résolus à écrire à Alexandre, que je voyais de temps en temps, pour me changer les idées, à la recherche de réconfort. Un simple message d'une concision télégraphique — « DISPO CHEZ MOI MAINTENANT ? PAS ENVIE DE RESTER SEULE. » — suffit à le faire débouler dans la demi-heure. Il n'avait pas l'habitude que je sois si directe avec lui, cela semblait lui plaire, mais les plaisirs charnels n'avaient alors plus le même goût pour moi. Les notes sonnaient faux. Je ne parvins à me défaire de ces images qui trottaient continuellement dans ma tête, et je l'éconduisis dans un état d'inconfort plus important qu'à son arrivée.

Les jours passaient et je ressemblais de plus en plus à une algue desséchée. En guerre contre moi-même, inlassablement vaincue, furieusement vaincue, les yeux perdus, les oreilles bourdonnantes, le teint livide, je restai enfermée chez moi, inanimée, humaine sans humanité.

Face aux appels téléphoniques répétés de Lucien qui cherchait une voix mais ne trouvait qu'une larme et son inquiétude palpable qui amplifiait ma douleur — mais bouge-toi Adèle, ça fait des jours que t'es enfermée chez toi, il t'arrive quoi là, tu réponds plus à personne, rappelle au moins maman, elle me harcèle pour avoir de tes nouvelles, je sais pas quoi lui dire moi — je repris le chemin de ma vie, pour ne pas ajouter du chagrin au chagrin, il fallait bien penser à autre chose, s'occuper l'esprit pour ne pas tomber, et surtout s'acquitter. Je pris conscience que le pouvoir politique m'offrirait la possibilité de me racheter, d'améliorer la condition des femmes pour que plus jamais cela ne se reproduise, de réparer cette abomination que j'avais permise et par un jeu de troc macabre, en sauver une, dix, cent, mille. Je ne pouvais pas crever comme ça, sans avoir tout fait pour expier mes péchés.

Alors j'ai plongé toute entière, plus ambitieuse que jamais, engloutie par cette passion naissante dévorante.

C'était l'expression consacrée : « une place sur la liste ». La liste, c'est celle que les électeurs glissent dans l'urne le jour de l'élection, comprenant les noms de tous ceux amenés à diriger l'arrondissement. Je m'y imaginais déjà et les petits calculs que je menais pour savoir si, oui ou non, j'avais mes chances apparaissaient comme les seules diversions intellectuelles qui arrivaient à chasser de mon esprit cette sensation abominable de culpabilité.

Nous étions nombreux à caresser le rêve de figurer sur la liste, et je prenais un malin plaisir à évaluer mes chances. Treize élus d'arrondissement se trouveraient sur la liste complète, mais l'élection se jouant à la proportionnelle, il aurait fallu que Lemaître gagne avec un score de 100 % pour envoyer ces treize-là au conseil municipal. Sur les treize figurant sur la liste, j'estimais le nombre d'élus sur celle de ma candidate entre dix et douze. La parité étant désormais obligatoire, Lemaître était contrainte à récompenser autant d'hommes que de femmes, ces dernières occupant les numéros impairs puisque Lemaître détenait la première place. Partons donc sur une raisonnable estimation de onze élus dans la majorité : moins Lemaître, dix ; moins André Rondepierre, son éternel bras droit, neuf ; moins Éric, huit ; moins quatre adjoints actuels dont je savais avec certitude qu'ils souhaitaient se représenter, quatre. Il ne restait donc selon mes calculs que quatre places à prendre, pour un nombre de prétendants sérieux que j'évaluais à sept, moi incluse. C'était jouable.

D'autant que je savais qu'Éric m'appréciait et défendrait ma candidature. J'étais engagée aux côtés de Lemaître depuis deux ans et demi, mais il est vrai que je rechignais depuis quelque temps à réaliser les basses corvées dévolues aux militants, comme le traitement des courriers ou les réponses au téléphone du Q.G. J'avais au départ accepté, dans une sorte de pacte tacite, de les réaliser sans broncher, mais il me semblait alors, après de longs mois de bons et loyaux services, que je pouvais passer au grade supérieur et m'occuper de tâches plus intéressantes. J'avais par exemple évoqué auprès d'Éric ma volonté de constituer des groupes de réflexion, comprenant experts, associations et habitants, pour enrichir le programme de Lemaître :

— On pourrait en organiser un premier sur l'urbanisme, qui déboucherait sur un colloque qu'on appellerait « urbanisme : quel visage pour notre arrondissement pour les trente prochaines années ? » On inviterait des architectes, des entreprises privées du bâtiment, des bailleurs sociaux, des spécialistes de l'écoconstruction et les habitants du 8e. Je pense que je serai plus utile à coordonner ça qu'à répondre au téléphone… Je le fais depuis longtemps, honnêtement, je commence à en avoir un peu marre.

Il m'écoutait avec sympathie, mais me rétorqua habilement, en faisant mine d'oublier la seconde partie de ma demande :

— C'est une super idée, vraiment, mais la branche parisienne du mouvement travaille déjà sur un projet à l'échelle de la capitale, et la dircab' de Lemaître bosse en étroite collaboration avec eux pour enrichir les propositions qui concernent le 8ᵉ. Même moi je n'y suis pas associé, ça se décide au-dessus. Et il faut bien que le programme soit cohérent sur l'ensemble des arrondissements, tu imagines si on défend quelque chose de notre côté que la candidate du 9ᵉ condamne ?

Ma démarche n'avait pas abouti, mais j'avais toutefois réussi à lui instiller l'idée que mon rôle ne me convenait pas et qu'il allait devoir me trouver autre chose.

Mais ça, c'était avant. Désormais, j'acceptais religieusement toutes les sollicitations, requêtes et demandes, quand bien même elles ne colleraient pas avec le statut que je m'accordais dans cette campagne. Je souhaitais m'occuper le plus possible, en mode automatique, et il est vrai que les tâches dévolues aux anonymes sont les plus chronophages.

J'avais six concurrents, bien identifiés, pour seulement trois places : Laurent, Martine, Luc, Paul, Vincent et Mathilde. Mais la parité me permettait de rayer de ma liste d'ennemis de l'intérieur les hommes et de réduire ce nombre à deux : Martine et Mathilde. *Les deux Ma,* comme je les appelais. Pour nous trois, il ne restait donc que les 9ᵉ et 11ᵉ places, sans toutefois la garantie que la 11ᵉ permette d'obtenir un siège au conseil municipal. Il faudrait pour cela que Lemaître réalise un score important.

Je dus compter également avec le poids encombrant d'anciens barons locaux qui cherchaient à se recycler. C'est ainsi qu'il fut un temps question d'accueillir dans notre arrondissement plusieurs anciens ministres, députés, ou sénateurs en manque de pouvoir. Et bien sûr, ce n'était pas pour être en fin de liste : ils voulaient une des trois premières places ou rien. On évoqua Roger Mervil, ancien secrétaire d'État, Georges Fribaud, ancien député de l'Indre, ou encore Brigitte Poulier, ancienne sénatrice du Rhône. Il y eut aussi, l'espace d'un après-midi, une ancienne porte-parole de LR, qui hésitait entre continuer sa vie politique à Paris et faire carrière à la télévision. Tous cherchaient à se refaire une santé politique dans le 8e, bien qu'aucun n'y habitait. Les politiques déchus se voient toujours sur un piédestal, comme si les terres d'atterrissage les attendaient à bras ouverts : les autochtones que nous étions entendaient bien résister.

Le temps de la grande Politique, des colonisateurs de terres électorales et des parachutés était révolu : Lemaître avait tenu bon et aucun de ces touristes électoraux ne fut retenu sur la liste.

En femme politique à qui on ne la fait pas, Lemaître décida de s'entourer d'un agent de sécurité, qui travaillait à mi-temps au parti, situé dans notre arrondissement. Elle craignait particulièrement les bassesses de son ancienne adjointe, Annie Dabadier, qui comptait bien, se disait-elle, se payer sa tête dans tous les sens du terme. Elle était en charge du commerce et de l'artisanat et était résolue à ravir le siège de maire à Lemaître. Elle s'était démenée, Dabadier, personne ne pouvait dire le contraire et, forte d'un réseau qu'elle supposait loyal de commerçants, qu'elle visitait au moins une fois par mois, elle se disait que son heure était venue. Les instances dirigeantes du parti à Paris avaient dû statuer sur la candidate officielle, mais la question fut vite balayée en faveur de Lemaître, tant celle-ci jouissait d'une indubitable légitimité, malgré quelques vigoureuses contestations locales de son action.

Lemaître prit la décision de s'entourer d'un garde du corps après un déplacement du Premier ministre à Grenoble, où il fut accueilli par des manifestants bruyants et plusieurs paquets de farine. Il s'en était fallu de peu pour que l'image ne fît le tour du monde : un officier de sécurité dévoué était parvenu à empêcher l'enfarineur juste avant son envol. Elle se dit donc que cela ferait mauvais genre sur son tailleur, dans son cossu arrondissement parisien. C'est ainsi que la maire recruta Bruno. Sa mission consistait à suivre Lemaître à chacun de ses déplacements sur le terrain, particulièrement le week-end sur les marchés. Il savait se faire discret et se fondre dans le décor : si l'on n'y prêtait garde, on ne le remarquait pas. Il se situait toujours à parfaite distante de la candidate, juste assez pour intervenir rapidement si besoin, mais suffisamment loin pour qu'un passant inattentif le prenne pour un habitant faisant ses courses. Mais Lemaître ne respectait rien moins que le protocole, et au lieu de garder ses distances, elle lui parlait régulièrement et le souhaitait au plus proche de sa personne.

Je me demandai si Lemaître craignait véritablement pour sa personne, si elle désirait envoyer un message au camp d'en face, ou si simplement elle tenait à se donner une importance démesurée en ayant une personne à ses trousses dès qu'elle mettait le pied dehors. Je penchais surtout pour cette dernière option, tant elle aimait être reconnue dans la rue. Et force est de reconnaître que les regards s'arrêtent plus facilement sur vous si un grand gaillard tout de noir vêtu vous accompagne.

Au beau milieu d'un dimanche glacial de décembre, alors que j'arpentais le marché de la Madeleine avec elle, un habitant particulièrement remonté l'alpagua :

— Qu'est-ce que vous foutez pour protéger nos enfants, hein ? Mon fils s'est fait racketter trois fois en un an devant son collège et à Ternes. C'est bien beau de venir serrer des pinces le week-end sur les marchés, mais concrètement, qu'est-ce que vous foutez pour nous ?

Lemaître avait l'habitude de ce genre de scène. Alors que le commun des mortels se serait emporté ou aurait fui, elle savait maîtriser ses émotions et répondit calmement :

— La sécurité est une compétence de l'État mais nous avons fait installer dix nouvelles caméras de vidéoprotection ces deux dernières années : c'est très efficace et ça permet à la police d'anticiper les interventions et de retrouver plus facilement les voyous comme ceux qui ont racketté votre fils.

Le père de famille ne se démonta pas et rétorqua en partant, comme s'il avait compris qu'il n'y avait rien à attendre :

— Si ça dépend de l'État, je me demande bien à quoi vous servez alors… !

Bruno se montra aux aguets et suivit la discussion d'un œil attentif, prêt à intervenir à chaque instant. Lemaître, quant à elle, continua son chemin, comme si de rien n'était, et s'occupait déjà à serrer de nouvelles mains. Elle était comme ça, distribuant son sourire de cristal aux passants, bravant le temps hivernal et les opposants, proposant à chacun une petite photo comme une promesse de bonheur accessible, petit tape sur l'épaule, des « c'est bon pour vos poissons ce froid, vous n'avez plus besoin de glace ! » lancés dans un éclat de rire au poissonnier, des « je vais vous prendre les petits gâteaux aux amandes, tiens » au stand libanais, vive, agile, fulgurante, bouillonnante, il y en avait pour tout le monde, de sept à soixante-dix-sept ans et bien davantage parce qu'on pouvait voter jusqu'à son dernier souffle, alors il ne fallait oublier personne, puis finalement, elle s'engouffra dans sa voiture conduite par son chauffeur à toute vitesse, laissant les militants et Bruno sur le carreau.

— Adèle, tu prends six plateaux de petits fours, ils ont déjà été commandés, tu n'as plus qu'à les récupérer chez le traiteur Papito, rue de Courcelles. Florent, tu t'occupes d'acheter dix baguettes. Manon, tu passes chez le fromager, t'en prends pour soixante-dix euros et je vais passer au Franprix pour prendre du pâté, du vin et des bouteilles de jus.

C'est ainsi qu'Éric répartit les tâches qui incombaient à chacun, le jour du lancement officiel de la campagne de Catherine Lemaître pour sa réélection à la mairie du 8e. Des semaines durant, elle avait peaufiné son positionnement, arpenté les marchés de l'arrondissement, écrit des milliers de courriers aux habitants et organisé des événements en tout genre pour vanter son bilan. Elle retournait désormais dans l'arène, cette fois-ci avec la couronne de maire plantée sur son crâne : elle se trouvait donc en position de force et n'imaginait pas la défaite électorale.

Il y avait, certes, cette polémique tenace née lorsque Lemaître voulut rebaptiser une avenue du nom de Saïd

Benchikra, pour s'attirer la sympathie et les voix d'une partie de la gauche. Tirailleur africain mort pour la France en 1944 dans le 8e arrondissement, son passé s'avérait en réalité trouble : plusieurs associations influentes avaient exhumé des archives prouvant les positions de jeunesse anti-France de ce symbole des combattants africains. Une initiative finalement mal sentie de la part de Lemaître, rejetée à grand bruit, la contraignant à abandonner ce projet controversé. Elle, la dame de droite qui défendait un tirailleur africain, les électeurs étaient déboussolés.

Il y eut également quelques retournements de vestes sur le projet de réaménagement des Champs-Élysées, qu'elle avait un premier temps soutenu, avant de se dédire, pour enfin soutenir ce programme — en prétextant qu'elle avait entretemps réussi à obtenir les contreparties réclamées, à savoir le maintien de six voies de circulation contre quatre initialement. En réalité, le projet, dès ses premières moutures, faisait état d'une réduction du nombre de voies, sans en préciser le chiffre, et Lemaître n'avait eu qu'un impact dérisoire sur ce sujet. Néanmoins, malgré ces quelques controverses, elle était confortablement assise sur son siège de maire et filait droit vers une réélection qui ressemblait presque à une formalité. Elle se disait que son heure n'était pas finie, voire pas encore à son apogée. Bien qu'il ne s'agît que de son second potentiel mandat, elle tenait à prouver qu'elle accordait un soin particulier à renouveler ses équipes, en même temps qu'elle savait s'entourer de jeunes. C'est pour ces raisons qu'elle me demanda de prendre la parole quelques minutes durant l'événement, pour raconter mon engagement à ses côtés. Des éléments de langage, comme on dit, m'avaient été bien sûr préparés : je devais discourir brièvement sur mon parcours puis surtout, surtout, vanter « l'engagement total et la passion » de Lemaître pour notre arrondissement, son

« écoute des problématiques des habitants », ainsi que la « qualité de vie » qu'elle avait permis de retrouver. J'avais innocemment demandé si je devais louer son bilan à la tête de l'arrondissement, mais sans trop que je comprenne pourquoi, on me répondit : « non, on ne gagne pas une campagne sur un bilan. »

Le Q.G. se remplissait progressivement, jusqu'à déborder de militants, sympathisants ou curieux. Je pris la parole après Éric, qui ouvrit le raout sans parvenir à transcender l'auditoire, mais on pouvait s'en douter. En l'écoutant, je me demandai si Lemaître ne l'avait pas volontairement choisi comme chef de section locale, mais aussi pour inaugurer son lancement de campagne, justement parce qu'il ne dérangeait pas, comme un élève méritant à qui l'on attribue des encouragements en conseil de classe, ni médiocre ni particulièrement doué, doté d'une ambition raisonnable et maîtrisée, conscient de ses faiblesses plus que de ses forces. Ou peut-être simplement qu'il avait été comme castré par Lemaître : à l'ombre des grands arbres, rien ne pousse.

Alors que je pérorais sur la passion de Lemaître pour notre arrondissement, je vis au fond de la salle une tête s'esquisser à travers la foule : ce grain de beauté qui m'avait tant paralysée, ce regard azur que j'avais connu si tuméfié par la douleur se trouvait là. Silencieusement, elle semblait me regarder d'un œil sentencieux. Que faisait-elle ici ? M'avait-elle retrouvée ou était-ce un pur hasard ? M'avait-elle reconnue ? Tant de questions se bousculaient dans ma tête, sa présence m'abasourdit et j'en perdis mes mots. Je parvins maladroitement à reprendre mes esprits et à finir laconiquement mon plaidoyer, avant de m'asseoir aux côtés d'Éric :

— Tu connais la fille au fond à droite avec les yeux bleus, celle avec la veste en jean ? lui demandai-je.

— Non pourquoi ? C'est qui ?

— Euh, je ne sais pas, je ne la connais pas, ça doit être une nouvelle militante qui veut s'engager dans la campagne, tentai-je de répondre, désemparée.

À la fin du meeting, l'esprit foudroyé, j'avais été happée par de nombreux élus et sympathisants qui me félicitèrent chaleureusement pour ma prise de parole. Après les avoir expédiés aussi vite que possible, je cherchai longuement la trace de ce grain de beauté sans la retrouver : elle avait disparu.

Trois jours passèrent : je ne pouvais m'empêcher de penser à ce grain de beauté, à ce regard, à cette femme qui me hantait. Je tournais en rond, incapable de travailler. Je plongeai mon visage dans l'eau bouillante, comme pour me purifier et faire fondre cette seconde peau de honte qui me ceinturait. Je n'avais par ailleurs personne avec qui partager cette souffrance : Jeanne, la première vers qui me tourner d'habitude, me semblait trop intimement liée à ce moment pour que je me confesse à elle. C'était tout de même en me rendant chez elle que j'avais été confrontée à cette scène. Bien sûr, elle m'aurait réconfortée, trouvant les mots justes, empreints d'empathie. J'aurais posé ma tête tremblante sur son épaule, j'aurais tenu fermement ses mains chaudes et délicates, et tout se serait arrangé. Mais bien qu'ignorant tout de cette histoire, elle passait pour complice à mes yeux, ou plutôt fautive. Une rancœur naissait ainsi en moi, que je ne pouvais congédier. Je m'en voulais terriblement de lui reprocher ça. Et reprocher quoi, d'ailleurs ? D'habiter là où elle habitait ?

D'avoir accepté que je prenne un dernier verre chez elle ce soir-là ? Tout cela n'avait aucun sens, mais d'occultes forces en moi s'appliquaient à tailler un costume de bouc émissaire à Jeanne, victime expiatoire pour ne pas affronter la vérité.

Comme si ça existait. C'est au contact de Lemaître et de ses discours à la souplesse déconcertante que je compris cela. Il n'y a pas de vérité, il n'y a que des points de vue. Il n'y a pas de faits, il n'y a que des interprétations. Il n'y a pas une parole juste, mais un argument fort. C'était un soir de campagne électorale, après l'une de ces « réunions d'appartement », ces rencontres directement chez l'habitant avec ses voisins de quartier, que Lemaître me fit cette confidence qui m'épata. Lorsque je la questionnai sur ces prises de paroles où tout et son contraire avaient été prononcés, elle me répondit avec une profondeur que je ne lui soupçonnais pas, sans toutefois se départir de son habituelle vanité :

— Nous vivons des temps obsessionnels de la vérité, ma chère Adèle. Il faut sans cesse porter en dérision la vérité. Ça te semble peut-être choquant, mais il n'y a pas de vérité, c'est le doute qui doit gouverner. C'est la forme extrême du scrupule de l'intelligence. Tu devrais toujours te méfier de ceux qui pensent détenir une Vérité. Quand tu arrives à une certitude, c'est le moment où tu dois douter. Il n'y a de certitudes que chez les ignares et de doute que chez les intelligents. Tu ne dois avoir aucune certitude, c'est ce qui te permettra d'être ici et là en toute sincérité. Si tu as fait un peu de philosophie, tu sais qu'il y a une grande tradition du doute, des sophistes à Montaigne. Mais la certitude s'avère nécessaire pour vivre. C'est notre grand dilemme : l'intelligence conduit à douter, la vie commande de trancher. Vivre ou être intelligent : personnellement, j'ai tranché.

J'entendais donc cette petite voix au fond de moi, que l'égoïsme m'aurait conduite à écouter pour apaiser mes tourments, me sommer de tirer un trait sur Jeanne — puisqu'il *fallait* un coupable — et, partant, sur cet épisode. Je devais recouvrir cette voix d'un manteau de courage, pour assumer, seule, ma bassesse : les chemins faciles n'existent que dans nos rêves. Je pressentais bien de toute façon que cela n'y changerait rien et que ce grain de beauté chahuté continuerait de me hanter. Je repensais avec d'autant plus de dégoût à tous les encensements auxquels on m'avait si souvent habituée : douce, généreuse, à l'écoute, intelligente... C'est ainsi que mon entourage m'avait présentée durant tant d'années, au point de me bercer de ces illusions et d'y croire moi-même. Tous ces honneurs me revenaient en pleine face comme un boomerang à l'heure où le réel reprit le dessus. À partir de tels éloges, on ne peut que décevoir.

Je décidai d'appeler Jeanne et de lui donner rendez-vous pour ne pas obéir à cette injonction d'excommunication. J'étais résolue à tout lui raconter : le viol qui s'était déroulé sous mes yeux, l'apathie qui m'avait envahie, le regret qui me rongeait depuis lors...

On se retrouva au *Dôme*, un bistrot traditionnel parisien où nous avions nos habitudes. Il était 18 heures et l'ersatz de chaleur apporté par les multiples parasols chauffants installés en terrasse compensait surabondamment la brume minérale qui flottait. Le serveur, que l'on commençait à connaître, s'approcha :

— Ça va les filles ? Je vous sers quoi ?

Jeanne répondit immédiatement :

— Un Perrier pour moi ! Et toi, tu prends quoi ?

— Une bouteille de vin, ça te dit ? Un blanc léger ? Vous nous proposez quoi ? rétorquai-je.

Jeanne me regarda avec surprise : nous buvions régulièrement, mais un mercredi soir, à 18 heures, c'était vaguement inhabituel. Après tout, pourquoi pas, devait-elle songer. Son intuition première, que je devinai dans ses yeux, était la bonne : il y avait bien une raison particulière à cette commande. Non pas qu'il en faille une pour boire, j'avais pris goût à l'alcool depuis plusieurs années, mais cette fois-ci la fonction première de cette boisson consistait à me donner du courage, face à celle que mon esprit souhaitait radier quelques instants auparavant. Une fois la bouteille arrivée et deux puis trois verres ingurgités, je ressentais bien l'effet désinhibant de l'éthanol, ce soupçon d'ivresse qui vous envahit, mais il m'anesthésia et m'empêcha de me livrer. J'étais une âme en déliquescence, je le savais bien au fond de moi, mais à cet instant, je n'y pensais pas : je savourais ces minutes que le sourire de Jeanne, la bouteille de chardonnay, et peut-être le regard séducteur du serveur rendaient délicieuses. Je voulais m'oublier, me donner entièrement à ce moment, n'être plus Adèle, mais simplement l'amie de Jeanne, cette anonymisation qui d'habitude me révulsait, attirée par les lumières que j'étais, pour n'exister qu'à travers ce moment d'allégresse. Faire régner la liberté, l'hédonisme, l'anarchie juste quelques instants de plus, dans une ébullition post-traumatique, peut-être une dernière fois avant l'extinction des feux, l'alcool commençait finalement à faire son effet, mais c'était l'alcool triste qui m'envahissait désormais. Je repensais à ce précepte que m'avaient assené mes parents toute mon enfance et que je mettais un point d'honneur à respecter aussi souvent que possible : « fais ce que tu as à faire, tu t'amuseras après. » Faire les choses dans l'ordre, bien dans les règles. C'était désormais au-dessus de mes forces : la compromission était consommée.

— Tu devrais faire gaffe, des rumeurs commencent à circuler sur toi...

C'est par cette phrase qu'Éric m'apprit que les bassesses politiques ne touchaient pas uniquement les chapeaux à plumes. La concurrence battait son plein à tous les étages et contrairement à ce que je croyais, elle l'est certainement davantage aux rangs inférieurs qu'en haut de la tour où chacun dispose de dossiers sur tout le monde, agissant ainsi comme une véritable dissuasion nucléaire à somme nulle.

— Hein ? Qu'est-ce que tu racontes ? Qu'est-ce qu'on dit sur moi ? lui répondis-je, abasourdie.

— Oh, tu sais, des conneries en tout genre pour te décrédibiliser... Il va falloir t'y habituer. Vois ça comme un bon signe : ça veut dire que tu comptes et mieux, que tu inquiètes.

Il n'avait pas tort. Au fond de moi, j'étais quand même satisfaite, car je savais que cela voulait dire qu'on ne pouvait m'attaquer sur mon engagement et mon travail. J'appris donc que j'étais très proche de Dabadier, la candidate dissidente, et que je lui filais des informations en sous-main, mais également que je couchais avec Éric, ce qui expliquait ma présence dans la *short list* des candidats, que mes parents effectuaient des dons faramineux à Lemaître, ou autres extravagances dont ma mémoire n'a pas cru bon de retenir tous les détails. Je ne devais ma place qu'à la force de mon poignet et toutes ces rumeurs ne firent qu'accroître ma détermination. Bien faire et laisser braire : telle était ma ligne de conduite, du moins au départ. Je voulus me donner l'air d'être au-dessus de la mêlée, sans même prendre la peine de demander à Éric d'où venaient ces médisances, mais je me doutais bien qu'elles provenaient sans doute d'une ou des deux Ma. Jamais je n'aurais cru possible qu'elles en viennent à de telles bassesses, les salopes.

Mais j'avais décidé de me lancer pleinement dans cette campagne et il fallait jouer avec ses codes. Le lendemain, pour mettre fin aux rumeurs concernant ma supposée proximité avec Dabadier, je me résolus à révéler son secret de Polichinelle, que personne n'osait véritablement dénoncer : elle vivait dans le 7e arrondissement, vers les Invalides. En début d'après-midi, je partageai un tweet depuis un compte anonyme que j'avais créé peu de temps auparavant, accompagné d'une photo de l'hôtel des Invalides, sur lequel on lisait :

> MAGNIFIQUES INVALIDES... UN QUARTIER OÙ IL FAIT BON VIVRE, MAIS LE 8E ARRONDISSEMENT EST TOUT AUSSI AGRÉABLE, SURTOUT QUAND ON PRÉTEND VOULOIR LE DIRIGER, N'EST-CE PAS @ANNIEDABADIER ?

Deux minutes à peine après publication, je reçus un appel d'Éric, fou de rage : « Mais qu'est-ce que t'as foutu ?! Dabadier va croire que c'est Lemaître qui est derrière ça, c'est la campagne des boules puantes assurée maintenant ! » Éric était le seul à savoir que je me cachais derrière ce compte, mais j'en faisais jusqu'alors un usage assez sage.

La nouvelle du secret éventé se propagea comme une traînée de poudre et permit à mon faux compte de gagner rapidement en popularité. Ah ! je ne suis pas mieux que les autres, me direz-vous. Certes, je pourrais me justifier en racontant qu'une telle information est d'intérêt public pour les habitants du 8e arrondissement, que c'est un acte de courage que de l'avoir révélée, mais l'honnêteté me conduit à reconnaître que je fus guidée d'abord et avant tout par mon ambition et la volonté de mettre fin aux rumeurs qui m'entouraient, qui pouvaient contrecarrer mes plans. Je savais Lemaître joueuse, prête à tout et pour qui tous les coups sont bons à donner. Je gagnerai sûrement des points en lui avouant, considérai-je... J'identifiai deux avantages à lui confesser l'identité de l'anonyme de Twitter si bien renseigné : d'une part, lui prouver que je ne marchais en rien avec Dabadier, et d'autre part, qu'elle trouverait en moi une combattante zélée et féroce de la première ligne pour lui permettre de l'emporter. C'est ainsi que le soir même, suite à une nouvelle réunion au Q.G., je m'approchai d'elle avant son départ pour lui souffler à l'oreille, l'air complice :

— Catherine, c'est moi qui ai balancé le tweet sur Dabadier tout à l'heure...

Ses yeux s'écarquillèrent, son teint se réchauffa et sa réaction fut loin d'être celle que j'espérais :

— Mais t'es complètement conne, ce n'est pas possible ! Pourquoi t'as fait ça ? T'as pas cru bon de m'en parler avant ? Comment je peux être entourée de nuls pareils ! fulmina-t-elle.

Le moment était certainement mal choisi, et la réunion ne s'était pas déroulée au mieux, mais j'étais trop obnubilée par cette révélation qui me hantait l'esprit, si bien que je ne pris pas vraiment la peine d'écouter la teneur des propos. J'aurais dû. Du moins c'est ce que je me dis en la voyant partir comme une fusée hors du Q.G. Je ressassai cet épisode toute la nuit, pensant à supprimer mon tweet avant de me raviser. Je retournai finalement la voir le lendemain pour m'excuser.

En réalité, elle avait presque déjà oublié et me confia entre deux rendez-vous, alors que je l'attrapai à la volée : « Ne t'en fais pas, j'étais énervée hier soir, c'était pas très malin de ta part, mais il fallait bien que quelqu'un le fasse ! Tu as des couilles, dis donc ! » Elle était capable de tout et son contraire, de vous fusiller un soir et de pleurer sur votre tombe le lendemain. De passer pour la parfaite aristocrate engluée au XVIIIe siècle et d'employer un langage atrocement vulgaire. D'être à la fois ici et là, sans jamais se renier. Je me dis finalement que j'avais touché mon but : même s'il y eut plus de turbulences que prévu, j'avais malgré tout aux yeux de Lemaître des couilles. Et quand une cheffe de guerre vous octroie une telle paire, il faut s'en réjouir. Sans que je sache si les rumeurs sur ma supposée proximité avec Dabadier étaient arrivées à ses oreilles, je prenais une belle avance pour les détruire. Les deux Ma avaient raté leur coup : je sortais de cet épisode renforcée d'une réputation doublement cuirassée de courage et d'habileté.

La gauche savait ses chances limitées à cette élection, dans un pays plus « droitisé » que jamais et plus particulièrement dans un arrondissement bourgeois comme le 8e. Elle décida donc d'en faire une terre électorale expérimentale pour jeunes pousses. Le candidat tête de liste avait vingt-sept printemps à peine, dans un arrondissement où près de 25 % de la population avait plus de soixante ans. La prétendante à la mairie de Paris, qui postulait à un renouvellement de son mandat, se gargarisait partout de présenter une équipe jeune, renouvelée, paritaire, d'une moyenne d'âge de trente-neuf ans. En réalité, à y regarder de plus près, les novices et les femmes étaient surtout envoyés au casse-pipe dans des arrondissements réputés imprenables. On n'est jamais à l'abri d'une bonne surprise, certes, mais le subterfuge semblait manifeste. Un proche de Lemaître bien connecté, d'ailleurs, ne se priva pas de démontrer que sur les arrondissements historiquement « de gauche », c'est-à-dire « gagnables » et situés dans l'Est parisien, la belle photo de famille des candidats têtes de liste avait toute autre allure : 69 % d'entre eux étaient des hommes de plus de cinquante ans. Peu avare, il envoya son savant calcul au *Canard enchaîné* qui en publia un encart le mercredi suivant, bien entendu sans citer sa source.

Le jeune candidat promis à un score dérisoire dans notre arrondissement s'appelait Guillaume Leroy : je le croisai pour la première fois un samedi matin, alors que nous déambulions sur l'avenue Franklin-Roosevelt à la rencontre des habitants et commerçants. Une équipe d'une dizaine de personnes l'entourait, composée de militants et d'aspirants élus, sans que l'on sache véritablement tracer une frontière étanche entre ces deux catégories.

Peu militaient en effet sans le secret espoir de « figurer sur la liste », par pur engagement bénévole, sans l'ambition d'une belle carotte pour récompenser ces efforts. Ceux-là mériteraient pourtant une médaille : ils comblent d'honneurs la politique et je pense systématiquement à eux lorsque l'on m'assene des poncifs démagogiques à la sauce « tous pourris ». Il faut côtoyer ces militants infatigables, présents tous les week-ends sur les marchés pour distribuer des tracts, réaliser du porte-à-porte ou encore passer d'innombrables coups de fil sans compter leurs heures, pour comprendre que la politique revêt aussi une dimension humaine, amicale, chaleureuse à nulle autre pareille. C'étaient des gens bien, beaux comme des enfants, tout simplement, loin des chicaneries politiques de bas étage, qui n'aspiraient qu'à retrouver les copains le week-end. Il conviendrait d'évaluer le nombre de tracts qu'ils ont distribués et qu'on leur accorde une Légion d'honneur pour service rendu aux élus de la Nation. Ils représentaient le dévouement incarné, jamais dans la lumière et pourtant si utiles. Je repensais à Nelson, qui m'ouvrit la voie dans ce monde avant de renoncer, estimant que son talent n'était pas rétribué à sa juste valeur.

Un jour à *L'Incorrect*, le café en face de notre université, alors que nous évoquions son engagement déjà révolu et le mien qui débutait, il m'avait confié au sujet de ces militants de l'ombre :

— C'est comme un club de foot : les élus ce sont les grands joueurs, en pleine lumière, qui gagnent des millions et font rêver tous les passionnés. Eux, ce sont les supporters, les petites gens qui se saignent pour pouvoir payer leur abonnement au stade, de plus en plus cher, prêts à traverser la France à cinq dans une Clio pour voir un match de leur équipe face à un club de National 3, que les joueurs ne saluent même pas, trop pressés de reprendre le volant de leur Lamborghini pour rejoindre leur hôtel particulier, et qui doivent, le soir même, parcourir le chemin inverse pour rentrer parce qu'il faut bien bosser le lendemain, après avoir dormi quatre heures dont deux sur l'épaule du copain sur la banquette arrière. Ce sont les invisibles, dont on s'habitue à la présence, oubliant les sacrifices, les efforts, les galères qu'ils endurent. J'en avais marre, moi, je ne voulais pas être supporter : j'aspirais à être un joueur.

Quelques mois après, alors que je côtoyais ces invisibles depuis désormais plus de deux ans et demi, je ne pouvais le contredire.

Je contemplais d'un œil avide le charme magnétique et indubitable du jeune Guillaume Leroy. Il exerçait sur moi un pouvoir de séduction dont je fus la première surprise. Un presque-rien surnaturel, une étincelle dans le regard, un sourire qui suspend le temps : j'étais captivée par son image, trompée par sa beauté, par sa manière à la fois délicate et énergique de se mouvoir, par ce sentiment de douceur indéfinissable qui émanait de sa personne. Je voulus aller immédiatement à sa rencontre, discuter avec lui, parler de tout et de rien, refaire le monde, qu'il me raconte comment il en était arrivé là, quel était son projet pour l'arrondissement, comment il évaluait ses chances de gagner, est-ce qu'il se montrait reconnaissant pour l'opportunité offerte d'être tête de liste ou est-ce qu'il se disait quand même, qu'au fond, cet arrondissement paraissait imprenable et qu'il s'agissait d'un cadeau empoisonné, bref, les idées se bousculaient dans ma tête et il me sembla plus opportun de partir à sa rencontre une fois nos équipes respectives dissipées. J'étais comme une gamine, excitée intérieurement. Ou comme un vieux monsieur de droite qui décide d'acheter *Libération* ou *L'Humanité* pour voir ce que pensent les gens d'en face. Il salua une par une ses troupes et je me dis que s'il avait été joueur de football, il serait de ceux qui prennent le temps d'aller saluer les supporters et d'offrir leur maillot à l'un d'eux à la fin du match.

Alors qu'il s'engouffrait dans le métro, je décidai de le suivre. Je me retrouvai dans la même rame que lui sans qu'il me remarquât et je mis bien en évidence les tracts à l'effigie de Lemaître en m'asseyant en face de lui. Il s'arrêta quelques instants sur les tracts puis s'installa à côté de moi :

— Tu milites dans le 8e pour Lemaître ? me demanda-t-il, intrigué.

— Oui, je suis engagée à ses côtés depuis bientôt trois ans, lui répondis-je en feignant l'assurance.

— Ah ! Je suis le candidat de la gauche, on ne va malheureusement pas s'entendre ! répliqua-t-il hilare.

— Mais tu as l'air d'offrir ton maillot.

— Pardon ? Mouiller mon maillot, tu veux dire ? Oui je me donne à fond, j'y crois vraiment ! Je pense sincèrement que les gens en ont marre de Lemaître et de ses revirements, ils veulent du renouvellement.

— Euh oui, oui, mouiller le maillot…, me contentai-je de répondre maladroitement, les joues rosies par la honte.

Alors que je retrouvais peu à peu mes esprits et que je pressentais son trajet sur sa fin, je lui proposai de prendre un café pour continuer notre discussion. Il se montra enthousiaste, mais refusa pour cause d'agenda surchargé l'après-midi.

— Mais donne-moi ton numéro, je t'écris dès que je peux ! me lança-t-il.

Ce que je m'exécutai de faire. Je semblais lui plaire. Ou peut-être était-ce aussi un vieux monsieur de gauche qui, par curiosité, se disait qu'il serait intéressant, pour une fois, d'acheter *Le Figaro.*

Je donnai rendez-vous à Guillaume une dizaine de jours plus tard, dans le 13e arrondissement pour éviter toute mauvaise surprise en flagrant délit de pacte avec l'ennemi. Quand on s'attable avec le camp d'en face, mieux vaut le faire à l'abri des regards. Nous nous retrouvions dans un café anonyme de la place de Rungis un mardi soir d'hiver, où la nuit tombe dès l'après-midi, à l'heure où les Parisiens se cloîtrent chez eux jusqu'au petit matin. Il faisait froid, la campagne électorale battait son plein et ce rendez-vous avait un arrière-goût d'interdit. Tout se passait comme si nous étions sur le point de nous mettre hors-la-loi. En arrivant au café, j'aperçus en terrasse un homme élégant, d'une cinquantaine d'années, en train de contempler le paysage, c'est-à-dire de ne rien faire. Ni portable, ni livre, ni compagnie, juste un homme seul, isolé, mais heureux. Je me dis que c'est rare, de nos jours, de prendre le temps de le perdre.

Je reconnus Guillaume au fond du café à la clientèle clairsemée, au téléphone. Il avait commandé un Coca et m'adressa un signe de la main signifiant qu'il s'excusait et n'en avait pas pour longtemps. En me voyant, il se leva pour me saluer et par un mouvement croisé, s'éloigna alors que je m'asseyais. Il revint quelques instants plus tard, toujours armé d'un sourire enchanteur. Après quelques banalités convenues, il m'expliqua son projet pour l'arrondissement à l'aide d'éléments de langage parfaitement rodés. J'essayais de le sortir de cette autoroute toute tracée sur laquelle il m'emmenait pour explorer des horizons plus personnels, mais il résistait, il fallait gagner sa confiance. Il me percevait peut-être comme un piège qu'on lui tendait pour faire capoter sa campagne, et c'eût été tout à fait possible.

Je réussis néanmoins à percer chacune des couches qu'il plaçait entre nous. Il me raconta alors son enfance, son déménagement dans le 8ᵉ arrondissement à l'âge de douze ans, la séparation de ses parents ou encore son engagement au Parti socialiste. Il se montrait habile et occultait, sans en avoir l'air, les sujets qui auraient pu le mettre en situation indélicate si ce rendez-vous était un traquenard. Je le savais beau, mais je le découvris intelligent. Il me parla longuement de Péguy, son auteur préféré, et de son acception singulière du socialisme, de Jaurès qui « criait seul dans le désert et avait tout compris avant tout le monde », ou encore de Pierre Leroux « à l'origine du mot socialisme, qu'on a un peu oublié aujourd'hui, mais qui a eu une influence considérable sur Jaurès, George Sand et Baudelaire. » Pour ma part, je lui parlai de ma conception du langage, en citant Valéry : « Honneur des hommes, saint langage ».

— Je crois qu'il y a deux conceptions du langage : elle est utilitaire ou esthétique. La langue utilitaire, c'est celle qu'on emploie tous les jours, pour se faire comprendre et être compris, mais seules quelques centaines de mots suffisent pour cela. C'est notre première couche langagière, que l'on acquiert dès le plus jeune âge. La langue esthétique, elle, est décorative. Elle dit un monde, une subtilité, une caresse.

Je voulais qu'il jouisse par l'oreille. Il me regarda mi-séduit mi-cuit, il faut dire que nous avions déjà bu trois verres chacun. Je continuai :

— Elle permet de nommer justement les choses. « Mal nommer un objet, c'est ajouter au malheur de ce monde », comme disait l'autre. Quand j'étais plus jeune, je tenais un cahier de vocabulaire, c'est mon père qui m'avait forcée à faire ça. Je notais tous les nouveaux mots que je découvrais et leurs définitions. C'était mon refuge. Je ne comprends pas que les professeurs n'imposent pas ça à tous leurs élèves ! Tu sais que des études prouvent que plus on maîtrise de vocabulaire, moins on est violent ?

Il était alors 23 h 30 et nous marchions main dans la main sur des œufs. Il fallait séduire tout en se gardant le pouvoir de démontrer l'exact contraire. Je dus m'employer à réaliser des signes imperceptibles à quiconque nous entourait, mais suffisamment limpides pour que Guillaume s'en aperçût.

— Je suis désolé m'sieur dame, mais je vais bientôt fermer, nous confia à ce moment-là le gérant du café.

Je répondis immédiatement, comme pour feindre le détachement :

— Bien sûr, on peut avoir l'addition, s'il vous plaît ?

Finalement, Guillaume, galant avec l'ennemi conquis, m'invita. Je m'imaginais passer la nuit en sa compagnie. Je redoutais seulement le trajet en taxi, RMC ou Générations en fond musical et ce lourd silence, qui pèse et vous assomme, interrompu uniquement les premières minutes par les phrases répétées machinalement par le chauffeur : « Y a-t-il une station de radio qui vous plairait ? », « On en a pour seize minutes » ou pire « Vous rentrez vous coucher ? ».

Le grain de beauté de cette fille, que j'avais abandonnée à son supplice, continuait de me hanter, de provoquer en moi une insurrection. J'étais parvenue à le refouler au fin fond de ma mémoire, à me jeter dans cette campagne à corps perdu, mais par un mécanisme d'appel que je ne saurais expliquer, il remontait régulièrement à la surface et surgissait partout. Sur le visage d'étrangers dans le métro, sur la bouille des mannequins qui habillaient les panneaux publicitaires dans la rue, sur la gueule des passants : à chaque coin de rue, je le reconnaissais. Mais ce soir-là, aucune trace de grain de beauté sur le visage de Guillaume, dont j'imaginais remplir le lit, pour combler le trou béant de solitude dans lequel je me trouvais, et me rassurer en me disant que si je ne pouvais même pas sauver une âme tachée d'un grain de beauté des abysses, au moins étais-je assez bonne pour satisfaire un homme. Il ne faut jamais négliger le baume que le corps met au cœur. Nos couches cutanées qui s'apprivoisent, s'entrechoquent, s'emboîtent, consommant le fruit interdit du camp d'en face, tellement diabolisé, se rendant par la même occasion, doublement coupables. Un désir assouvi, qui ne laisserait rien d'autre que ce goût de péché et ce secret en partage, qui nous unirait alors à jamais et nous placerait sur la même trajectoire. Si tu tombes, je tombe : nos destins seraient liés et nous avancerions masqués, dans la clandestinité, lui et moi.

Mais Guillaume, aussi beau et intelligent fût-il, était avant tout un homme ambitieux et calculateur et ne l'entendait pas de cette oreille. Il se contenta de me souhaiter une bonne campagne, accompagné d'un « rentre bien et à bientôt peut-être ! » avant de déguerpir.

Le retour sur Terre fut brutal et je ne sus dire si je ne lui plaisais pas ou s'il se disait seulement qu'il risquait trop gros à passer la nuit avec moi. Je m'étais perdue dans mes pensées et j'avais été aveuglée, incapable de me douter qu'il me laisserait seule devant ce café, comme cet homme croisé un peu plus tôt, le regard dans le vide. Il fallait encore attendre avant que l'imagination ne s'installât véritablement au pouvoir.

Les rumeurs battaient leur plein concernant « la liste ». Elle devait être officiellement déposée d'ici quinze jours maximum, et pour ne prendre aucun risque, nous savions que Lemaître allait entériner ses choix et la remettre à la préfecture de Paris cette semaine. Chaque personne retenue devait remplir également une « déclaration de candidature », ce qui limitait encore davantage le temps imparti à Lemaître.

Sa secrétaire me sollicita pour un rendez-vous d'un quart d'heure le soir même : il fallait aller vite. Je n'avais aucune idée de ce qu'il en serait. Elle avait été témoin des efforts considérables consentis pour y figurer, mais en politique, on ne vous promet jamais rien : de toute façon, il parait que les promesses n'engagent que ceux qui les croient. Je savais mes chances raisonnables, je comptais parmi celles et ceux ayant accompli le plus de tâches durant cette campagne, mais les deux Ma connaissaient Lemaître depuis bien plus longtemps que moi et dans ces moments-là, l'antériorité joue un rôle à ne pas négliger. Je sondai Éric, mais il me répondit qu'il n'en savait rien et que même si c'était le cas, il ne pourrait rien me dire. Je croyais ardemment en la méritocratie, et si celle-ci devait régner, nul doute que ma place m'était réservée.

J'arrivai à la mairie du 8e avec mes habituelles cinq minutes d'avance, durant lesquelles je patientai dans l'antichambre de son bureau, bouillonnante. J'avais l'impression de me trouver à nouveau en classe de terminale, après avoir préparé le baccalauréat pendant une année, avant de me rendre à mon lycée pour découvrir, enfin, les résultats. Je me revoyais courir avec Mathieu vers ce mur maculé recouvert d'une liste infinie de noms, parmi lesquels se trouvait le mien : 15,58/20 MENTION BIEN.

Là, l'enjeu se révélait tout autre et bien moins binaire : allais-je figurer sur la liste ? Si oui, à quelle place ? Car il y avait des victoires au goût de défaite : être retenue sur la liste, mais au fin fond de celle-ci, dans les derniers, sans espoir d'être élue. Un rôle de figurant, en somme. Pour ma part, j'aspirais à jouer les premiers rôles, mais il fallait franchir de nombreux obstacles avant de pouvoir prétendre diriger l'arrondissement : être présente sur la liste, s'y trouver à une place éligible, et enfin, gagner l'élection municipale.

Une fois ces trois obstacles enjambés viendrait le temps des négociations concernant les délégations de maire adjoint de chacun. Je souhaitais absolument obtenir les Droits des femmes, je savais d'ailleurs que l'adjointe en charge de ce portefeuille ne se représenterait pas, mais il était encore trop tôt pour y penser, il ne fallait pas brûler les étapes à l'heure où je n'avais aucune certitude quant à ma présence sur la liste. Je ressassai mes savants calculs concernant le nombre de places éligibles sur la liste. Les huit premières places s'avéraient inatteignables pour moi, et tous mes espoirs se fondaient sur la 9e ou la 11e place, quoi que sans garantie d'être élue au 11e rang.

C'est à ce moment-là que j'entrai dans le bureau de Lemaître, qui m'avertit immédiatement qu'elle n'aurait qu'un quart d'heure à me consacrer, ce que j'avais bien en tête sans savoir si cela était bon signe, ou signifiait au contraire sa volonté d'expédier les vaincus. Elle me fit m'asseoir face à elle puis m'expliqua posément :

— On fantasme beaucoup sur le rôle du maire, alors que ses pouvoirs sont en réalité assez limités, a fortiori pour un maire d'arrondissement... Mais il y a une chose sur laquelle nous disposons des pleins pouvoirs : le choix des élus. La politique, c'est d'abord et avant tout choisir, et donc renoncer.

Des perles de sueur commençaient à s'agglomérer sur mon front et je voyais mes chances s'amenuiser.

Elle continua :

— Tu t'es engagée il y a peu de temps et une carrière politique se construit dans la durée, par petites briques. Tu es encore jeune et tu as toute la vie devant toi.

À ce moment-là, j'anticipais déjà la phrase suivante m'annonçant que mon tour n'était pas encore arrivé, qu'il fallait que je sois patiente, et que si je continuais comme ça, je pourrais être élue pour la prochaine mandature.

— Mais tu as fait preuve de courage, d'abnégation et d'un investissement sans faille à mes côtés. J'ai envie de faire monter la jeune génération, pour donner un nouveau souffle à ce mandat. Lorsque l'on se trouve à la tête d'un arrondissement, on s'engonce très vite dans ses habitudes, sans jamais remettre en cause ses certitudes. Je veux aujourd'hui être bousculée, rafraichie par d'autres manières d'agir : pour cela, j'ai besoin de têtes bien faites. C'est pourquoi je te propose de figurer sur ma liste, à la 11e place.

Elle semblait prendre un malin plaisir à m'amener sur de fausses pistes, avant finalement de m'annoncer la nouvelle. Un sentiment mitigé m'envahit. Je savais qu'il fallait qu'elle réalise un score d'au moins 55 % pour être élue à ses côtés. Une consécration en demi-teinte, qui plaçait mon avenir politique entre les mains des électeurs qui devaient gratifier Lemaître d'une nette victoire pour que je fasse partie de l'aventure. Si trois ou quatre listes se qualifiaient au second tour, c'est-à-dire réalisaient un score de plus de 10 % au premier tour, mes espoirs s'évaporaient. J'étais néanmoins satisfaite de pouvoir m'accrocher à cette perspective : j'ai toujours été d'un naturel optimiste.

Je tentai de contenir mes émotions et de répondre professionnellement, percevant presque déjà la maire comme une collègue de travail :

— Merci Catherine, je suis très touchée par votre confiance, et votre volonté de renouveler les élus de notre arrondissement vous honore. Je ne saurais comment vous remercier. Dans tous les cas, vous pouvez compter sur mon engagement à vos côtés.

— Merci, Adèle. Maintenant, gagnons cette campagne ! La route est encore longue et le combat sera rude. Je compte vraiment sur toi. Garde ça pour toi pour l'instant, je ne veux pas créer de jaloux. On aura l'occasion de tous se réunir très prochainement. Allez, pardonne-moi, mais j'ai beaucoup à faire. À très vite !

Je me pressai de ramasser mes affaires et sortis de son bureau, mon sourire en bandoulière. Les deux premières étapes étaient franchies d'un coup, et cette annonce venait récompenser près de trois ans de travail. Tous ces efforts auraient pu s'avérer vains, balayés en un instant par un mot d'excuse de Lemaître. Mais je continuais à m'accrocher à un fil. Il faut parfois accepter se lancer dans des combats chronophages qui peuvent aboutir au néant, un abîme sidéral vous laissant en bouche un goût de frustration écœurant. Se dire « tout ça pour ça » et se consoler en pensant à cette phrase éculée de Mandela : « Je ne perds jamais. Soit je gagne, soit j'apprends. »

Mais ce jour-là, Lemaître en avait décidé autrement. Rien n'était encore fait, mais j'avais réussi, bien qu'imparfaitement, une première bataille et partant, une incursion dans la cour des grands. Je saluai la secrétaire en sortant, m'apprêtant à fêter joyeusement cette nouvelle, quand je découvris sur sa poitrine une pluie de grains de beauté qui me rappelait celui qui me hantait constamment. L'instant de bonheur s'évapora : il n'avait duré que quelques secondes.

Je me réveillai très tard le lendemain matin, dans un état cotonneux de nausée. J'allumai la machine à café, pris mon portable et vis à ma grande surprise un SMS de Guillaume : « DISPO POUR UN VERRE DEMAIN SOIR ? JE T'EMBRASSE ». Ce SMS, d'une romantique simplicité, fit immédiatement disparaitre le voile brumeux qui couvrait mon esprit. J'espérais secrètement lui plaire, mais peut-être souhaitait-il seulement me parler politique. J'avais rêvé d'un tel SMS et je tentai d'analyser le plus froidement possible ma réaction, mais il était arrivé comme un miracle dans ma vie et m'avait conquise immédiatement. Ce sentiment, qui m'avait percutée violemment lors de notre rencontre sur le marché avenue Franklin-Roosevelt, commençait à s'installer durablement et insidieusement en moi, presque *malgré moi*. Il m'avait pénétrée sans crier gare, comme une écharpe de satin que l'on aurait enroulée autour de mon cou. Je repensai à cette rencontre et à ce premier café ensemble, dans le 13e arrondissement. Ces petites choses qui ne sont rien, mais qu'on souhaite entendre, sentir, toucher à nouveau : ce rire à gorge déployée en détournant le regard, ces mains fines, mais qui semblaient déjà usées, cette mèche décoiffée qui caressait son front dans un mouvement frisottant. Ce n'était pas le désir qui peut naître face à des acteurs hollywoodiens parfaitement beaux, non, il s'agissait d'un fantasme plus banal, mais plus profond, celui du coin de la rue, quand on réalise que son voisin est bien plus qu'un simple voisin, qu'il recèle des trésors enfouis en lui-même qu'on ne soupçonnait guère, qu'il est celui avec lequel les choses les plus simples contiennent tout un monde. Je n'ambitionnais même pas d'expériences inoubliables avec Guillaume, je ne pensais pas à partir à l'autre bout de la Terre avec lui : je souhaitais sobrement ma vie actuelle, avec ce supplément d'âme. Rien de plus qu'avant : lire, aller au cinéma, discuter, rencontrer des gens, mais tout ça à ses côtés, enrichie de son regard, de sa présence, de sa force. Il était vivant : il se contentait de ce monde avec allégresse. Il arrivait simplement à s'estimer heureux ici-bas. Il n'était pas de ceux qui consultent des psychologues, qui ont un passé à régler, qui tiennent bon grâce à l'alcool, la drogue ou les antidépresseurs. Au fond, il était comme un enfant mature qui en savait beaucoup sur la vie.

Son SMS m'obsédait. Je répondis deux heures après en lui proposant un verre le surlendemain : il fallait malgré tout jouer un peu la distance après notre premier rendez-vous raté, ou plutôt manqué.

Je retrouvai Guillaume à ce même café, et j'aimais l'idée de créer une habitude : on aurait notre café, notre chanson, notre plat, tous ces souvenirs qui restent, même quand l'autre a déguerpi.

Je me rappelai une conversation en terrasse avec des amis de la fac, un soir d'automne sur les coups de 18 heures, où nous évoquions la mère protestante de l'un des convives. Eddy, qui nous confessait souvent ne pas se sentir à sa place, car il n'avait pas « notre culture » comme il disait, lui qui venait d'un milieu pauvre en province et était monté seul à Paris pour poursuivre ses études, mais l'assumait parfaitement, nous lança :

— Je connais rien sur le protestantisme, moi !

Un cri du cœur jeté avec espièglerie, auquel j'avais répondu :

— Mais non, ne dis pas ça, je suis sûre du contraire ! Si je te dis par exemple « révocation » ?

Il répliqua alors du tac au tac, mécaniquement :

— Oui, l'édit de Nantes. Ça me rappelle aussi le massacre de la Saint-Barthélemy, mais bon c'est rien ça !

C'était déjà ça. Sans le savoir, il savait. Alors que le protestantisme lui semblait être un puits sombre duquel il ne percevait pas le fond, il disposait en réalité d'une corde, tissée des mots révocation, édit de Nantes, Saint-Barthélemy.

Entre le souvenir intact de la relation que j'imaginais avoir avec Guillaume, et l'amnésie totale, il y avait de nombreux degrés et je décidai d'inscrire, à travers ce banal café du 13e arrondissement, un repère pour frapper sa mémoire s'il venait à m'oublier. Il me suffirait alors de lui rappeler le nom de ce café, le *Royal*, pour qu'il aille à la rencontre de ses souvenirs enfouis, comme un rempart de la mémoire.

Guillaume m'embrassa la joue pour me saluer, pendant que j'imaginais caresser sa langue. On avait tant de choses à rattraper, je connaissais finalement si peu de lui. L'ennui, c'est que quand on a trop à se dire, on peut n'avoir rien à se dire. Mais avec Guillaume, c'était différent. Nous aurions pu rester des heures dans ce café à discuter. Nous ne parlions même pas de la campagne en cours, je souhaitais dépasser ce cadre rigide d'« adversaires politiques » auquel notre rencontre nous avait assignés. Nous étions cela, mais bien plus encore.

— C'est sympa ce petit fond musical, on se croirait dans un bar à Saint-Germain dans les années quatre-vingt-dix, me murmura-t-il.

— Oui, le cadre est le même que la dernière fois, mais la musique, ça change tout, c'est presque comme si on se rencontrait pour la première fois.

— Dans ce cas, je n'aurais pas pu te parler, tu aurais sûrement été entourée de dizaines de mecs te draguant.

Je rougis et compris à ce moment-là que je lui plaisais. Je ne rentrerai pas seule ce soir.

— Tu sais comment s'appelle cette chanson ?

— Non, mais on dirait du Souchon ou Voulzy, je les confonds toujours, ces deux-là. Et toi, tu connais ?

— Non plus. On n'a qu'à demander au serveur. Monsieur, s'il vous plaît, vous savez quel est le titre de cette chanson ?

— Ça, c'est « Sous les jupes des filles », les jeunes ! De Souchon.

— Merci !

Et je voyais ses yeux qui brillent et par ce jeu de dupes j'imaginais bien ma robe légère tourner, sur mes escabeaux en l'air, même si je portais un pantalon ce soir-là. J'avais l'impression d'un alignement des planètes parfait. Cet instant, cette chanson, ce café, Guillaume, moi : tout était en ordre, et nous vivions un moment suspendu hors du temps. Je me surpris à le draguer presque ouvertement, mangeant ma paille par substitution à sa bouche.

Son téléphone sonna. C'était sa directrice de campagne, à laquelle il répondit après une seconde d'hésitation, instant d'éternité, soudainement rattrapé par la réalité. Il se leva machinalement pour s'éloigner, en laissant de longues secondes sa main traîner sur notre table, comme si son esprit fuyait mais son corps s'accrochait.

— Je suis vraiment désolé... Il faut que j'y aille, on a un truc à faire pour la campagne. Mais on se revoit très vite, j'espère, hein ?

Un autre « à bientôt », mais qui sonnait bien différemment du premier. Et je l'observai s'éloigner à la hâte, après avoir payé pour nous deux. Grand seigneur. Tout était allé très vite et une fois de plus, je me retrouvai seule. Alors je finis mon verre de Coca tranquillement, avant de repartir bredouille, mais enivrée par le moment que je venais de vivre et dans l'attente du suivant. Guillaume était un marchand d'espérance.

Pour notre troisième rendez-vous, je proposai à Guillaume d'aller au cinéma. J'avais choisi un film d'auteur français qui ne m'intéressait pas vraiment, et qui me permettrait tout à la fois de me concentrer sur Guillaume et lui démontrer une certaine érudition à travers ce choix. Dans cette salle plongée dans le noir, alors que le film s'acheminait vers sa fin tourmentée, nous goûtions pour la première fois l'un à l'autre. Un baiser délicieux, d'une tendresse infinie puis de plus en plus fougueux, comme une évidence, un accord parfait de ces bouches dévorantes, avides de se rencontrer, s'apprivoiser, se toucher. Il achevait sans cesse davantage le tableau de mon fantasme. Le cœur enchainé à son visage, l'esprit colonisé, je ne cessais de m'émerveiller de son intelligence, de sa manière d'être, de son regard posé sur ce qui nous entourait. Nos corps, nos bouches, nos esprits se mêlaient avec douceur et fracas. Guillaume était rébellion et orgie, vie et esprit, bruit et fureur. Nous nous trouvions comme enfermés dans le même sac de peau, si différents, mais tellement semblables à la fois et je me sentais moi-même en sa compagnie.

Alors que je croyais au départ qu'on l'avait nommé tête de liste du 8e arrondissement pour y jouer un rôle de figurant, parce qu'il fallait bien placer quelqu'un et qu'il ne se débrouillait pas trop mal le petit Leroy, en plus ça fait un jeune à mettre en avant pour vanter le renouvellement, c'est pas con comme idée, il était en réalité bien plus que ça : il faisait souffler un déluge sur des siècles de sérieux et de ringardise. Il dépoussiérait la fonction et partant, toute la classe politique. À vingt-sept ans à peine, armé de sa culture en gestation, de sa vivacité et de son allégresse, il renvoyait dans les cordes tous les vieux barons.

La difficulté tenait au nécessaire secret dans lequel nous devions inscrire notre passion. Il aurait été inconcevable pour nos entourages politiques respectifs que l'on forme un couple avec quelqu'un de l'autre camp. Dans notre pays, quand on pactisait amoureusement avec l'ennemi, on finissait tondue et je chérissais trop ma chevelure pour assumer au grand jour cette liaison. Cet amour avait un goût de fruit volé sur l'étalage. Nous nous retrouvions exclusivement chez lui, chez moi, ou dans des arrondissements bien loin du nôtre, de préférence cachés. Nous privilégions les salles obscures de cinéma ou de théâtre, en prenant un soin particulier à arriver juste avant le début de la séance, lorsque la pièce est déjà plongée complètement dans le noir.

Guillaume entrait toujours quelque part précédé de son rire. Il scintillait, il avait ce quelque chose en plus, tout le monde devait bien le voir, je ne pouvais être la seule. Quelques minutes suffisaient pour constater vingt-sept ans de passion et de bouillonnement, vingt-sept ans d'ambition et de raison. Les quelques fois où nous nous aventurions à marcher ensemble dans la rue, des particules de désir erraient autour de nous. Elles se condensaient pendant qu'on dansait et tombaient sur nos têtes, en même temps que sur celles de ceux qui nous croisaient : notre complicité sautait aux yeux. Le problème quand une averse se déclenche, c'est que certains n'ont pas prévu de parapluie : on voyait ici ou là des passants circonspects nous toiser. Je revivais à ses côtés comme une seconde naissance, vingt-cinq ans après.

Lancés à folle allure dans la course amoureuse, nous menions de front une campagne municipale éreintante et une passion dévorante. Un mois seulement nous séparait de l'élection et je savais bien qu'elle marquerait un tournant dans notre relation. Mais durant ces semaines à deux cents kilomètres-heure, l'orage ne passa pas : nous brûlions.

Deux semaines nous séparaient du premier tour et c'est ce moment que choisirent les adversaires de Lemaître pour lancer la campagne des boules puantes. Dans le *Canard enchaîné* du jour, un article au titre évocateur : « Les HLM dorés réservés aux élus du 8ᵉ arrondissement. » Les lignes suivantes sentaient l'œuf pourri : « Dans le très chic 8ᵉ arrondissement de la capitale, on ne veut pas des logements sociaux, sauf pour les élus de la majorité. Depuis deux ans, Carine Glamier, adjointe de Catherine Lemaître chargée des affaires sociales et du handicap, bénéficie d'un logement de 75 m² à quelques pas de la rue de Miromesnil, dans un ancien hôtel Art déco. Le prix ? 607 € par mois, dans un quartier où le mètre carré à l'achat frôle les 15 000 €. Et ils sont nombreux à profiter des largesses de la maire du 8ᵉ arrondissement. Selon nos informations, 3 élus de l'équipe de Catherine Lemaître (sur un total de 11 !) disposent d'un logement social. D'après une source proche du dossier qui a souhaité garder l'anonymat, “Lemaître est intervenue pour appuyer les dossiers de ses proches, et a mis en place un véritable système de copinage." Rappelons tout de même que le 8e arrondissement ne compte que 3 % de logements sociaux dans son parc immobilier... »

L'article eut l'effet d'une bombe. Les électeurs pouvaient pardonner à Lemaître bien des retournements de veste, mais un tel favoritisme passait mal dans un arrondissement où les loyers se révélaient si onéreux. Lemaître convoqua immédiatement une cellule de crise pour tenter de débusquer la taupe et préparer la riposte. Elle sollicita un de ses proches, Directeur associé chez Havas et spécialiste de la communication de crise qui, derrière de faux airs de sachant, lui donna des conseils d'une triste banalité :

— Tu dois bien choisir ton canal pour répondre, en pesant le pour et le contre de chacun d'entre eux. Tu peux le faire sur tes réseaux sociaux, ou dans un journal local comme *Le Parisien*. Il faut regarder combien de followers tu as sur tes réseaux. La pire stratégie serait de nier, il reste deux semaines de campagne et je t'assure que si tu démens, les journalistes fouilleront davantage pour te donner tort.

Lemaître répliqua dès le lendemain dans une interview au *Parisien*, prétextant qu'il n'y avait rien d'illégal ni de scandaleux, que ces élus disposaient de faibles revenus et qu'ils remplissaient toutes les conditions pour bénéficier de ces logements. Je ne savais absolument pas si les faits relatés étaient vrais ou faux, mais le mal était fait. Le week-end suivant, alors que nous arpentions les marchés de l'arrondissement, nous prîmes conscience que la rumeur s'était propagée à la vitesse d'une fusée. Lemaître nous avait préparé des éléments de langage que nous nous appliquions à réciter scrupuleusement, mais on voyait bien que l'article avait instillé une certaine méfiance dans la tête des habitants et que Lemaître était tombée de son piédestal. Rien n'était joué, mais il fallait bien reconnaître que cet article tombait au pire moment.

Je demandai à Guillaume s'il savait d'où venait cette information, mais il m'affirma que son équipe n'y était pour rien et que tous l'avaient appris en lisant le *Canard*. Il me jura être tombé des nues, et en profita pour me glisser « tu vois, je suis désolé, mais l'heure est vraiment au renouvellement... » Pour la première fois, je me posai la question de savoir si Lemaître était réellement la mieux placée pour diriger le 8e. Mais je figurais sur sa liste et je ne pouvais pas décemment émettre le moindre doute, à elle qui m'avait tant fait confiance et offert cette place.

Je suivais ma dernière année d'études de droit, mais il me semblait de plus en plus difficile de concilier mes deux vocations. Tôt ou tard, il faudrait choisir, mais je laissai cette campagne se terminer avant de me décider. Une ancienne élue du 8e arrondissement m'avait un jour mise en garde, m'enjoignant à finir d'abord mes études, pour me consacrer ensuite à la politique. Sinon, il paraît qu'on devient trop dépendant et qu'on cherche alors simplement à protéger son fauteuil. Mais je m'étais lancée à corps perdu dans cette course : il fallait aller au bout, la culpabilité me bouffait, il était inconcevable d'abandonner maintenant, je devais y arriver et me racheter, vaincre la honte, s'acquitter, me prouver que je pouvais faire quelque chose de bien, d'utile pour une fois. Il me fallait désormais me démultiplier, être sur tous les fronts, déborder d'activité.

Mes parents, les premiers, étaient partagés à l'égard de mon nouvel engagement. Ils se sentaient, certes, fiers de me voir m'impliquer pour l'intérêt général : ils étaient de ceux, rares, qui percevaient la politique avec noblesse. Mais leur inquiétude était palpable quant à mon relatif déclin scolaire. Ils constataient mon désinvestissement académique avec une puissante anxiété. Au cours d'un repas de famille en compagnie de Lucien, ils se décidèrent à aborder le sujet avec autorité :

— Adèle, fais attention, nous, on n'est pas contre ton engagement, on trouve même ça super, mais tu es en train de jouer toutes tes cartes sur une campagne pour laquelle tu n'as aucune certitude. Il serait plus sage que tu finisses tes études et qu'ensuite, si tu le souhaites, tu te consacres à ton engagement parallèlement à ton travail, tu ne crois pas ? Tu devras passer le barreau bientôt, c'est très exigeant, ça demande un investissement total. Tu devrais y réfléchir à deux fois. Regarde mon copain Claude, tu le connais bien Claude, tu sais que quand il était jeune, il jouait au rugby, il était même très bon, et pas bête en plus ! Il a décidé d'arrêter l'école à quatorze ans pour se consacrer au rugby, sauf que quatre ans après, sa carrière était terminée avant même d'avoir décollé. Et il s'est retrouvé bredouille, sans diplôme, sans rien ! Comparaison n'est pas raison, mais enfin, réfléchis bien Adèle, développa mon père.

— Oui, ton père a raison, tu mets en jeu des années scolaires décisives, pour peut-être te retrouver avec rien au bout. On ne dit pas que tu dois renoncer à cet engagement, mais c'est le calendrier qui nous interroge, ça tombe vraiment mal, là… renchérit ma mère.

Je regardai mes parents en sachant qu'ils n'avaient pas tort, mais je ne pouvais véritablement leur avouer. Que dire lorsqu'on persiste dans son choix, mue par un honteux mobile ? Rien, on ne dit rien, on esquive, on botte en touche. Il m'était impossible de leur confesser les raisons profondes qui me poussaient à me consacrer avec autant d'énergie à cette bataille électorale. Cette lâcheté, ce grain de beauté, ce contrebas : ils étaient si fiers de leur fille. J'aurais tellement aimé leur dire la vérité, tomber dans leurs bras et replonger en enfance. Mais je ne pouvais pas leur faire ça, je pensais qu'un tel aveu les blesserait terriblement, remettrait en cause l'éducation si parfaite qu'ils m'avaient offerte et jetterait le discrédit sur leur fille adorée. Nous nous sentions tellement proches qu'ils ne pouvaient pas raisonnablement analyser cette information de manière détachée sans une profonde remise en question.

J'étais tourmentée par la scène que je vivais, incapable d'avouer mes sentiments intérieurs et insuffisamment habile pour réussir à les convaincre à partir d'arguments fallacieux. Mon regard se posa quelques secondes sur le mur derrière mon père, orné d'un tableau de joueurs de cartes, d'un artiste inconnu, mais inspiré de Cézanne. Ils avaient l'air paisibles, se contentant d'un bonheur simple : le silence, un jeu et une bouteille de vin leur suffisaient. Ils ressemblaient à ceux que la vie broie dans une mécanique implacable et à qui elle n'offre finalement que ça, du vin et un pauvre jeu de cartes, comme seule échappatoire d'un quotidien asservissant. Alors que j'étais embourbée dans mes tourments, au beau milieu d'une conversation incommode avec mes parents, troublée par mes malédictions intérieures, je contemplais ce tableau et enviais la simplicité de leur bon plaisir.

C'est à ce moment-là que Lucien prit la parole, indomptable :

— Oui et surtout, je ne comprends pas ce que tu fous là-dedans, c'est tous des pourris, tu vois bien que c'est toujours la même chose, à chaque fois des élections, toujours le même cirque, et finalement rien ne change. Ça ne sert à rien je te dis, tu es en train de te laisser corrompre par cette merde, ça va t'abimer pour rien.

— Tu dis n'importe quoi Lucien, tu n'y connais rien, me contentai-je de lui retorquer, les yeux plongés dans ma tasse de café, résignée.

— T'écoutes personne de toute façon, t'es insupportable.

Je voyais bien que le sang lui montait.

— Tu fais le caniche toute la journée de la Maire, mais pourquoi ? Qu'est-ce que t'espères ? enchainait-il, pour aller au bout de sa révolte.

Ils s'y mettaient tous, on aurait dit qu'ils voulaient me faire craquer dans cette ambiance douce-amère. Je me sentais toute petite, mais il fallait tenir bon, alors je restais de marbre, faussement impassible, l'esprit concentré sur cette campagne qui serait mon Salut.

En ce dimanche ensoleillé, à une semaine du premier tour, nous nous retrouvions avec Guillaume sur les coups de 21 h 30 dans une vieille brasserie de Montmartre qui sentait bon les Années folles et qui était présentée comme telle pour attirer touristes et nostalgiques. La carte vantait une cuisine authentique, aux produits frais soigneusement sélectionnés auprès de petits producteurs locaux. Mais au menu, trois plats seulement : un burger, un ceviche de thon et saumon et un tartare de bœuf. Loin de l'image des recettes des Années folles que je pouvais avoir. Le passé manque d'avenir, devaient-ils se dire, la nostalgie ne faisait plus recette. Quitte à renoncer au voyage dans l'histoire, je choisis le ceviche et Guillaume plébiscita le burger. Le pire, c'est que tout était excellent, mais il y avait tromperie sur la marchandise. Je m'en ouvris auprès de Guillaume, qui roulait des regards langoureux sur son burger fumant. Il me racontait le film *Gatsby le Magnifique*, qu'il avait découvert quelques mois auparavant et qui se déroulait justement pendant les Années folles. Il aimait particulièrement l'expression *old sport,* utilisée une bonne cinquantaine de fois par Gatsby pour saluer ses amis, et il me répétait dans un généreux éclat de rire : « you're wrong about the past, old sport » !

Alors que Guillaume enfournait cinq par cinq les larges frites de son assiette, je me disais qu'il avait choisi la bonne voie. Il bouffait comme un politique. Vite, fort, inlassablement. Il avait l'appétit nécessaire pour réussir dans ce milieu. Il s'arrêta d'un coup sec alors que son regard balayait la scène autour de nous :

— Alix ! Qu'est-ce que tu fous là ? Je ne pensais pas te retrouver ici ! lâcha-t-il d'un air gêné, comme pour devancer un silence pesant.

— Moi non plus ! Je ne vais pas te déranger, je te soûle suffisamment toute la journée !

Elle marqua une pause, le regard inquisiteur, faussement embarrassée.

— Vous êtes Adèle, n'est-ce pas ? On s'est croisés plusieurs fois.

— Oui, c'est bien ça. Enchantée, répondis-je, prise au dépourvu, mais souhaitant faire bonne impression.

C'était sa directrice de campagne, une jeune trentenaire ambitieuse qu'on visualisait bien à la place de Guillaume, tête de liste dans le 8e arrondissement, et elle devait être la première à s'imaginer à cette place. Elle avait un physique quelconque, des dents jaunâtres certainement usées par les cigarettes, et une dégaine effacée. Il faut toujours se méfier des gens effacés. Personne ne miserait un kopeck sur eux, c'est ce qui fait leur force. On ne les voit pas venir, on ne les remarque presque pas, transparents qu'ils sont, mais au fond de la salle, dans l'ombre, ils ourdissent un plan contre les puissants. Le puissant aujourd'hui, c'était Guillaume et sous les airs polis et dévoués de l'adorable Alix suintait la jalousie. Iznogoud en talons.

Nous étions démasqués. Notre secret percé au grand jour. Je guettai la réaction de Guillaume du coin de l'œil et je voyais bien qu'il ne savait pas vraiment où se mettre. Il avait un regard sombre, d'un noir qui débordait. Il aurait sans doute préféré mentir, me présenter comme une amie d'enfance par exemple, mais elle avait bien fait son boulot, la conne. Elle m'avait identifiée, tout comme elle avait dû laseriser chacun des membres de l'équipe de Lemaître. Elle me voyait peut-être aussi comme une jeune ambitieuse, mais du camp d'en face. Au fond, nous nous ressemblions peut-être à nous y méprendre. Je savais qu'une discussion houleuse attendrait Guillaume le lendemain et qu'elle le passerait sur le gril. « Comment tu peux faire ça ?! À une semaine du premier tour ! Qu'est-ce que tu trafiques avec elle ?! Tu lui as parlé de notre stratégie de campagne, de notre organisation, de nos troupes ? » Elle devait en avoir, des questions. À la pelle. Elle ne lâcherait pas Guillaume. Ce rendez-vous devait la plonger dans un abîme d'interrogations et de remises en cause. Peut-être même se disait-elle qu'à quelques semaines près, cette rencontre aurait pu justifier de débrancher Guillaume, comme on dit, et elle était bien placée pour le remplacer le cas échéant. J'imaginais tous les efforts qu'elle avait dû fournir pour être tête de liste, avant que Guillaume ne soit nommé, pour finalement retrouver ce traître dégustant un burger en terrasse avec l'ennemi. Si seulement elle était venue à Montmartre quelques semaines auparavant ! Ça ne tient à rien un destin.

Guillaume ne termina pas son plat et me proposa de rentrer quelques minutes après, sans doute pour réfléchir à ce qu'il lui dirait le lendemain, mais il n'osait pas me l'avouer. C'était la première fois que je le voyais si confus. Sur son visage taciturne se lisaient le regret et le péché. Il avait perdu son sourire et le sang de ses dix ans, son sang de fougue et d'entrain. Il était éteint. Je lui proposai d'en discuter, mais il balaya ma suggestion d'un revers de main, comme pour minimiser l'incident. Je m'estimais apte et légitime à le rallumer, mais il devait se dire que je n'étais pas la mieux placée pour évoquer une riposte et me tint à distance.

Il voulait sans doute compenser, se racheter auprès de sa directrice de campagne en manifestant sa froideur envers moi. Stratégie funeste : il perdrait deux fois. Il était trop tard et personne ne l'avait forcé, il fallait assumer, trouver quelque chose à lui dire, à celle-là. C'était un dimanche qui ressemblait de plus en plus à un dimanche, maussade, gris, rassis. Nous étions passés de l'ombre à la lumière, des Années folles à la triste guerre, du bruit au silence. Mais j'imaginais encore rentrer avec Guillaume, et je pensais que la chaleur de nos corps nous permettrait de nous rapprocher, que l'horizontalité effacerait la verticalité de la pesanteur. Il décida ce soir-là de rentrer seul, prétextant un mal de tête. Il alla vite et me quitta ainsi à travers la ville encombrée. Juste avant qu'il ne s'échappât, j'eus simplement le temps de lui souffler à l'oreille : « Comme tu voudras, mais tu sais, regretter, c'est être malheureux deux fois. »

Six jours passèrent sans nouvelles de Guillaume. Il ignorait somptueusement mes messages et mes appels, me laissant orpheline de sa présence, durant la dernière semaine de campagne. C'était pour moi le pire moment, l'angoisse était totale. Comment pouvait-il me faire ça ? Je savais sa semaine chargée, mais de là à ne me donner aucune nouvelle après l'incident diplomatique que nous avions vécu, c'était osé. Ou plutôt lâche. Rupture des relations brutale, après avoir vécu l'aventure la plus formidable de ma courte vie. Chacun devait désormais rentrer dans le rang, nous étions rappelés à l'ordre par la présence impromptue de sa directrice de campagne. « C'est fini les conneries, maintenant ! », avait-elle insinué. Et Guillaume, en bon élève, s'était exécuté. C'est vrai qu'il risquait bien plus gros que moi, nous n'avions pas rempli la balance équitablement, il était tête de liste quand je ne figurais qu'à la 11e place de celle de Lemaître. Il avait eu le culot de me le rappeler un jour, ce à quoi j'avais répondu qu'entre être premier et avoir

90 % de chances de perdre, ou onzième et 90 % de chances de gagner, ça se valait.

La campagne prit fin officiellement un vendredi soir à minuit. Nous passions la soirée avec toute l'équipe dans un restaurant de l'arrondissement à côté de la mairie. Tous avaient répondu présent, et dans ce joyeux bordel, les compagnons de route fidèles trinquaient avec les traîtres de l'intérieur. Mais il était désormais trop tard pour solder les guerres internes : notre avenir politique était entre les mains des habitants du 8e. Nous demeurions confiants, fiers de la campagne menée et sûrs des forces de Lemaître. Il faut dire qu'elle bénéficiait d'une « prime aux sortants », avantage indéniable qui se vérifiait à chaque élection municipale. Les maires étaient jusqu'alors la seule figure épargnée par la vague de dégagisme et de mépris du peuple. À l'échelle locale, on reconnaissait volontiers les mérites du politique « à portée d'engueulades », comme on dit. La figure du maire s'ancre dans le quotidien des habitants et se tisse entre eux un lien affectif impérissable. Nous voyions Lemaître comme un pilier rassurant et indétrônable de l'arrondissement, figure de stabilité pour personnes âgées en mal de repères, dans un monde qui va trop vite.

Nous fêtions joyeusement la fin de la campagne en nous remémorant les moments les plus drôles que nous avions vécus. Mathilde raconta les innombrables appels d'Éric pour lui rappeler de ne pas oublier les tracts pour la réunion. Vincent narra le coup de gueule fameux de Lemaître à son encontre, quand il avait omis d'activer la caméra lors d'un *Facebook Live* et nous explosions tous de rire de bonne joie. Éric tenait à nous remercier chaleureusement pour les efforts consentis pendant la campagne et eut un petit mot pour chacun : « Je sais que la campagne a été interminable, certains d'entre vous sont là depuis des années et ont tout donné pour

Lemaître, mais ça va payer, j'en suis convaincu ! » C'est vrai qu'on n'avait jamais vu de campagne aussi longue : Lemaître craignait la poussée du Rassemblement national dans l'arrondissement et avait voulu prendre les devants. Près de trois ans avant l'échéance, elle avait convoqué sa garde rapprochée pour lancer une campagne de l'ombre. Certains membres de son cabinet, épaulés par de valeureux bénévoles dont je faisais partie, travaillèrent tous les jours dans l'unique objectif de lui permettre de conserver six ans de plus son siège. Elle ne nous avait pourtant pas vraiment remerciés : elle devait considérer que la liste représentait notre cadeau, ce qui n'était pas faux. J'avais l'impression qu'elle se retenait de nous féliciter, comme si elle avait peur qu'on en demande trop la fois d'après. Elle tenait à conserver une certaine distance entre nous, et à faire d'un simple « merci » une récompense démesurée. Ce soir-là, Éric la prévint de notre présence collective et elle passa une tête vers 22 h 30, pendant le dessert. Fidèle à elle-même, elle esquiva le discours solennel de remerciement unanimement attendu et se contenta de futilités et de moqueries envers le camp adverse : elle partagea avec nous un moment de rire, c'était son merci à elle. Elle masquait bien, expérimentée qu'elle était, l'état d'agitation qui l'habitait, mais certains rictus la trahissaient. On ne pouvait pas dire qu'elle était tendue, ce n'était pas l'expression qui venait à l'esprit quand on la voyait, mais son for intérieur parvenait, par petites touches vives, à reprendre le dessus. Personne ne l'avait vraiment remarqué, car tous détournaient le regard, souvent par faiblesse. J'étais étonnée d'observer que même lorsqu'elle parlait, personne ne la regardait dans les yeux plus de deux secondes : ils devaient se dire qu'elle aurait interprété ça comme un affront, alors qu'il s'agissait plutôt d'une forme de respect. « Regarde-moi quand je te parle ! », m'avait un jour lancé mon père après je fus rentrée trop tard à son goût un samedi soir dans mon adolescence. J'ai depuis compris qu'à travers le regard se jouent la considération, l'estime, et la loyauté. Mais mes colistiers n'avaient sans doute jamais dû se faire engueuler par leurs parents.

Lemaître nous quitta vingt minutes après son arrivée, d'un geste plein d'allant, en nous précisant son programme le jour du vote : elle comptait passer dans la plupart des bureaux de vote de l'arrondissement, comme la tradition l'exigeait, pour saluer les présidents de bureaux et assesseurs. On se retrouverait à partir de 18 heures, deux heures avant le moment fatidique que nous attendions tous.

J'abandonnai la bande vers 1 heure du matin, fatiguée, l'esprit habité par la disparition de Guillaume. En rentrant chez moi, je me forçai à ne pas lui envoyer un énième message, et m'arrêtai quelques instants devant le miroir. J'exhibais un visage ravagé, le temps m'avait marché dessus comme il se doit. Sans toutefois parvenir à me remémorer mes traits trois ans plus tôt, je voyais bien que mes cernes et mes rides étaient de première jeunesse. Quel que fût le résultat de l'élection, j'avais sacrifié la fraicheur de ma bouille, la naïveté de mes convictions, et la pureté d'un camp, trahi avec passion pour l'être élu de mon cœur.

Samedi matin, J-1 avant l'élection du premier tour. Je demeurais étonnamment calme et sereine, je me levai d'un pas joyeux en direction de ma machine à café. Un rituel du matin immuable, un large café avec une madeleine. Vous me direz que je faisais ça pour Proust, mais même pas, je les aimais vraiment ces petites madeleines aux pépites de chocolat. Un coup d'œil à mon portable, second rituel sempiternel, sur lequel s'affichaient soixante-dix-sept messages dans le groupe WhatsApp de campagne que nous avions. Parmi ceux-là, une bonne quarantaine concernaient les photos de la soirée de la veille, le reste avait trait aux états d'âme de chacun et niveaux de stress respectifs des participants. J'avais enfin mon samedi de libre. Depuis près de trois ans, pas un ne m'avait été accordé et il y avait toujours quelque chose à faire : un tractage, une réunion, une opération de porte-à-porte...

Je savourai le délice retrouvé des week-ends paisibles en déjeunant chez mes parents, avec Lucien et des amis de mes parents. L'odeur de l'agneau confit se répandait dans tout l'appartement familial, les livres ouverts sur la tranche peuplaient le salon, et les débats sur le dernier film de Woody Allen se mêlaient aux rires de la conversation. Une fois passés à table, la discussion tourna autour de la campagne et des prévisions que nous établissions en interne concernant le score de Lemaître. Je me hasardai à prédire des scores de 40 % à Lemaître dès le premier tour, et 60 % pour le second, qui m'arrangeaient bien. On se projette toujours mieux que dans la réalité. D'ordinaire, quand je pensais aux résultats de l'élection, la tension m'envahissait, je tressaillais sur ma chaise et je tentais de contenir cette anxiété en étant la plus savante et mathématique possible. Je prévoyais tous les scénarios pour calmer ma crainte, en mettant tout sur papier, noir sur blanc : l'élection se trouvait là, sous mes yeux, tranquille, et il n'y avait donc aucune raison de se faire du souci.

Scénario 1, le plus souhaitable : plébiscite de Lemaître avec victoire dès le premier tour. En dessous, je traçai deux petites flèches allant dans des directions opposées. Scénario 1.1 : score compris entre 50 % et 55 %, j'étais vaincue. Scénario 1.2 : score supérieur à 55 %, la joie unanimement partagée, Lemaître et moi gagnions.

Scénario 2 : pas de vainqueur au premier tour, et deux listes, dont celle de Lemaître au second. 2.1 : Lemaître éliminée par le candidat d'en face. Je m'arrêtai quelques secondes et rayai ce scénario hautement improbable, on se trouvait quand même dans le 8e et elle était maire sortante, merde. 2.2 : Lemaître élue ric-rac, avec un score entre 50 % et 55 %. 2.3 : Lemaître élue à plus de 55 %.

Scénario 3, une triangulaire, avec trois listes à plus de 10 % à l'issue du premier tour : les chances de Lemaître demeuraient alors intactes — un score d'à peine 34 % pouvait l'assurer d'une victoire — mais les miennes extrêmement minces.

Scénario 4 : quadrangulaire, quatre listes qualifiées, c'en était certainement fini pour moi.

Le scénario qui me garantissait le plus de chance d'être élue, c'est-à-dire qui offrait à Lemaître un score supérieur à 55 % avec le plus d'assurance, était le 2.3 : un tel score paraissait difficilement atteignable dès le premier tour face à sept autres listes, mais nous l'estimions tout à fait probable dans un second tour avec uniquement un autre qualifié.

J'étais donc là, assise à la table familiale, prédisant ce scénario 2.3, mue par un optimisme certain. J'avais déjà tenté d'expliquer à mes parents les méandres de l'élection municipale parisienne, incompréhensible aux non-initiés. Un scrutin de liste, à deux tours, à la proportionnelle avec prime majoritaire et à deux échelons : la mairie d'arrondissement et la mairie centrale. On ose s'étonner ensuite que les gens délaissent la politique avec de telles fumisteries.

— Comment ça, ce n'est pas nous qui votons pour le maire de Paris ? m'interrogea ma mère lorsque je lui appris que je figurais en 11e position.

— Non, en fait, les habitants votent pour des élus au conseil d'arrondissement. Les conseillers d'arrondissement, dont la majorité est issue de la liste gagnante, élisent ensuite le maire d'arrondissement, qui est la plupart du temps la tête de liste. Les mieux classés de sa liste — les trois premiers comme les dix-huit premiers en fonction de la taille de l'arrondissement — sont élus au Conseil de Paris. Il y a en tout cent soixante-trois conseillers de Paris, et ce sont eux qui élisent le maire. C'est un peu comme le système américain, maman, avec les grands électeurs, lui répondis-je.

— Mais alors pourquoi la nana du PS que j'ai croisée l'autre jour avenue de Wagram avec son équipe disait qu'elle était conseillère de Paris ? Elle est dans l'opposition, c'est Lemaître qui est maire à ce que je sache ! renchérit mon père.

— Oui, parce que c'est une élection proportionnelle : la liste gagnante remporte la moitié des sièges et les sièges restants sont répartis à la proportionnelle entre toutes les listes ayant obtenu au moins 5 %, donc les mieux classés des listes perdantes peuvent devenir conseillers de Paris ou conseillers d'arrondissement. C'est pour ça qu'il faut que Lemaître obtienne un score d'au moins 55 % pour que je sois élue, sinon nous n'aurons que neuf ou dix élus et le reste pour les listes adverses.

— Je t'avoue que tu m'as perdue, ma chérie. Moi ce que je sais, c'est que je voterai pour ma fille ! clama fièrement ma mère.

— Mais il y a un truc dont tu ne nous as pas parlé, bizarrement, regretta faussement Lucien, l'air énigmatique, frétillant sur sa chaise.

— De quoi tu parles, encore ? lui demandai-je, imaginant bien qu'il voulait parler de l'article du *Canard* sur les HLM, qui le conforterait dans sa rengaine « tous pourris ».

— Tu sais très bien, arrête. Tout le monde en parle partout. Je t'avais dit qu'ils étaient tous corrompus, ils s'en mettent plein les poches, dans leurs HLM qu'ils payent que dalle. Tu voulais pas me croire, tu me crois maintenant, c'est bon ?

J'essayai de garder mon calme.

— Tu sais d'où ça vient ? m'interrogeait-il, un sourire ironique en coin que je connaissais bien, celui qu'il avait quand il se faisait prendre, plus jeune, la main dans le sac.

— Non, je ne sais pas, pourquoi Lucien, tu as quelque chose à me dire ? Qu'est-ce que tu as fait encore ? Rétorquai-je, sentant une vive inquiétude m'envahir.

— Sur le dark web, on trouve plein d'informations intéressantes tu sais. Ça t'apprendra à écouter personne. Honnêtement c'était beaucoup plus facile que ce que je pensais. Je m'étais concentré sur Lemaître au début, mais y'avait rien sur elle, vraiment propre, rien à redire t'avais raison, mais j'allais pas abandonner comme ça, j'étais sûr de trouver un truc, alors j'ai envoyé la liste de tous les élus du 8e à un groupe amis de hackers qui ont trouvé ça en 5 minutes. Après, il n'y avait plus qu'à l'envoyer aux journalistes. Tu vas arrêter maintenant, alors ?

Je ne voulais pas y croire. Je devenais folle, rouge écarlate, incrédule devant une telle obstination, le regard enragé. Alors je déversai des insultes comme un flot ininterrompu, de plus en plus acerbes, massacrantes, agressives, m'agrippant la tête, au bord du gouffre, l'âme en feu, ne comprenant rien à son charabia de geek qu'il continuait d'étaler, et je me répétais à haute voix je ne comprends pas comment tu as pu faire ça, je ne comprends pas et il me répondait qu'il avait fait ça pour moi, que je le remercierais plus tard, que c'est moi qui ne comprenais pas, mais comment tu peux dire ça Lucien, c'est pas possible et il me rendait encore plus dingue, il ne réalisait pas ce qu'il faisait, gamin immature pourri gâté que j'aurais alors pu tuer, c'était une colère qui venait du fond des âges, puis ma voix devenait défaillante, alors je décidai enfin de me lever et de me casser, avant d'entendre Lucien, dans un ultime souffle de défi, fier et fataliste : « de toute façon, c'est fait maintenant, c'est trop tard, on ne peut pas revenir en arrière ». Je ne le savais que trop.

Sur le chemin vers chez moi, je tentai de passer à autre chose, n'y pense plus Adèle, c'est trop tard, le mal était fait, il suffisait désormais de prier pour que personne ne sache que Lucien fut à l'origine de cette fuite, il ne s'en doutait pas mais je me disais que si Lemaître ne passait pas à cause de cela, il foutrait en l'air trois ans de travail et me condamnerait, me laissant seule, cruellement seule, la rage du désespoir au ventre et c'est alors que mon portable sonna et la simple vue du nom de Guillaume, de retour après six jours d'exil, m'apaisa. « BONNE CHANCE POUR DEMAIN ! ». Ce point d'exclamation, qui trônait droitement et majestueusement transformait la tonalité du SMS, d'un encouragement froid à une douce sensation affectueuse. Nous n'atteignions pas encore le stade du désir retrouvé, mais ce point d'exclamation marquait un pas supplémentaire, dépassant la tiédeur des mots employés. J'étais de nouveau sous son emprise, éprouvant une satisfaction puérile à la lecture de son message, et je me disais qu'il avait dû être sur le point d'ajouter un « JE T'EMBRASSE », mais un scrupule, au dernier moment, l'en avait retenu. Il devait se dire que le point d'exclamation représentait le bon compromis. Je ne répondis pas : il m'avait fait attendre six jours, je pouvais bien le faire languir un peu. En arrivant chez moi, je déposai mon manteau et mes clés dans l'entrée et m'assis sur le canapé. J'étais là sans l'être véritablement, à me mouvoir dans mon appartement, sans but, à tourner en rond. J'écoutai le chant du silence. C'est le moment que choisissent généralement mes démons pour se manifester à moi, à travers l'apparition tenace d'un regard bleu implorant le ciel et d'un grain de beauté étincelant. Un état d'agitation tourmentée s'empara progressivement de moi : il fallait m'occuper pour ne pas sombrer. Je vis du coin de l'œil une bouteille de chardonnay dans mon réfrigérateur, elle me dévorait du regard, mais je savais que ces plaisirs éphémères ne me guériraient pas.. Il fallait tenir, tenir bon, encore quelques jours et aviser ensuite, retrouver ce grain de beauté par exemple, tout lui avouer et se racheter, non, je ne pouvais pas sombrer maintenant, c'eût été la double faute, autant se flinguer tout de suite dans ce cas, je n'avais pas le droit d'abandonner, alors par panique, pour faire quelque chose de mes mains, par réflexe, j'allumai ma télévision et tombai sur un reportage en Afrique du Sud, où les villages me rappelèrent ceux décrits par Steven à Madagascar. Je repensai à ses mots sur l'extrême droite, à l'heure où le RN était crédité de 25 % dans les sondages, et j'hésitai à me rendre à son restaurant sans trop savoir pourquoi, mais il n'aurait sans doute pas compris ma démarche. Je m'imaginai en sa compagnie dans ces villages, tel un reporter de guerre, armée d'un sac surchargé d'appareils photo et autres outils techniques visant à immortaliser l'instant, et par la même occasion me faisant disparaître derrière l'appareil au milieu d'une plaine dorée que caressait le vent chaud, étourdie par les effluves exotiques des arômes floraux, attraction d'une autre vie où tout pouvait être recommencé à zéro, fraîcheur citronnée, savane végétale, paysages oniriques d'un lointain fantasmé, mais cette fuite en avant m'était impossible alors vigoureusement je repris la télécommande et enfonça puissamment mon doigt sur le gros bouton rouge pour m'obliger à affronter le réel. Cette parenthèse d'indécision avait dû durer quelques minutes tout au plus, mais m'avait paru s'éterniser.

J'appelai finalement Jeanne, qui me proposa d'aller à l'exposition d'une de ses amies aux Beaux-Arts de Paris. Je n'étais pas franchement emballée, mais il fallait sortir de cet appartement où j'étouffais, en proie à un passé coupable dans lequel je sombrais peu à peu.

Le jour du vote était arrivé. Nous étions le dimanche 27 mars, cette date que j'avais gravée dans ma mémoire depuis de longs mois désormais, cette étape ultime qui ouvrirait une nouvelle page de ma vie. Je bouillonnais intérieurement et me dis qu'une carrière d'élue m'attendait, je tentais de me convaincre qu'il ne pouvait en être autrement.

Je n'avais osé retourner sur le lieu du crime depuis ce moment, craignant sans doute de revoir, comme une réminiscence, cette scène qui m'avait tant déchirée. Le matin du vote, je décidai néanmoins de m'y rendre, après avoir passé la nuit à repenser à toutes ces rencontres, ces moments de liesse, de partage, d'amitié sincère et neuve. Pas avec tous, bien sûr, j'étais consciente d'avoir rencontré aussi son lot de pourritures, qu'on se comprenne bien, mais la plupart étaient profondément bons et redonnaient ses lettres de noblesse à la politique.

Vers 11 h 30, je commandai un taxi pour m'acheminer sur les lieux du crime, comme pour m'extraire d'un trajet que je souhaitais hors du temps, comme si l'on m'avait déposée à nouveau à cet endroit sans que j'y joue un quelconque rôle. Malheureusement, un camion d'éboueurs se trouvait sur notre route, à une petite centaine de mètres de l'arrivée. Au point où j'en étais, je descendis du taxi et parcourus à pied cette dernière étape. J'étais amorphe, étouffée par le bruit extérieur des voitures, des vélos lancés à pleine vitesse sur les pistes cyclables encore approximatives, du tumulte des téléphones et des cris des enfants. Je sentais la terre trembler sous mes pieds : quelque chose de terrible m'enveloppait. J'étais une poussière dans l'air, chassée par le vent et les passants, impatients, farouchement pressés de me régler mon compte. J'avais l'impression d'être dévisagée, nue, comme si tous savaient ce que je venais faire là, trop coupable pour espérer occuper l'espace quand ma véritable place devait être derrière des barreaux. Il y avait là des corps, des visages, des regards qui me prenaient à la gorge. J'opposai à leur jugement une figure vaincue, prête à se repentir. Je m'arrêtai un instant pour tenter de me rappeler pourquoi je me trouvais là, sans y parvenir tout à fait. Sans doute essayai-je de boucler la boucle, de me renouveler entièrement, faire peau neuve, mais les négociations de paix avec soi-même sont souvent les plus complexes à mener. Il y avait certainement des techniques psychologiques appropriées, des grands savants qui avaient étudié la question, mais j'étais jeune et je n'en connaissais aucune, sinon d'affronter le réel. Sorte de consolation du pauvre où l'on est toujours englué dans ses tourments, mais la conscience pour soi de se dire qu'on aura tenté de faire en secondes noces ce qu'on pouvait en retournant sur les lieux.

J'y étais désormais. Je descendis les quelques marches avec la triste sensation que c'était moi qu'il fallait descendre. Je m'assis là, un instant, et sentis monter en moi un vaste sentiment d'abattement. Je revoyais le regard de la victime m'implorant d'intervenir, son grain de beauté saillant sous son œil, la main crasseuse de son bourreau ceinturant sa bouche, et mon corps immobile, inerte, impotent, spectatrice statufiée de ce crime, sans pouvoir m'expliquer cette léthargie, m'en voulant à en crever, alors je me mis à pleurer longuement, parce qu'il fallait bien que ça sorte. J'entrai en agonie et je m'entendis murmurer « je suis désolée, je suis désolée », mais c'était trop tard, le souvenir de cet instant était ma croix, comme une meurtrissure qui viendrait contaminer toute une existence. La sueur dégoulinait sur ma mine défaite. Les larmes ne cessaient de tomber et apportaient dans ma bouche un goût d'eau usée, macérée dans les tréfonds de mon corps depuis ce jour funeste. Ce liquide amer venait me signifier ma faute, j'avais envie de vomir. Je restai là une vingtaine de minutes, sans pouvoir l'affirmer avec certitude, avant de me lever et de retourner vers chez moi, vagabonde de l'immondice, moi qui avais laissé crever la beauté, ou plutôt son grain. Créature solitaire errant dans la ville, désaxée dans son propre corps, en proie au châtiment mérité sans jugement. Nous n'étions que deux à pouvoir me juger, c'était si peu, mais son propre jugement est le plus dur à avaler. Il avait ce jour-là le goût de ces larmes putrides.

La journée était encore longue et je m'apprêtai, pour la première fois de ma vie, à glisser dans l'urne un bulletin de vote sur lequel figurait en toutes lettres mon nom. Pas uniquement le mien, bien sûr, mais le mien aussi, en petits caractères, avec en dessous la mention LICENCIÉE DE DROIT. Lemaître avait souhaité inscrire les statuts de chacun, pour souligner la diversité de sa liste : des étudiants, des retraités, des actifs de la « société civile », des élus d'expérience… Treize noms censés représenter la société française dans sa pluralité. Après un déjeuner vite expédié, je me rendis dans mon bureau de vote situé au sein d'une école maternelle à quelques minutes de chez moi. C'était une journée assurément particulière, et la matinée que j'avais vécue m'avait fait perdre tous mes repères. J'avais refusé la proposition de ma mère d'aller voter ensemble pour pouvoir expérimenter seule ce moment si singulier et les laisser également découvrir mon nom sans ma présence, comme lorsqu'on interdit à un ami d'ouvrir le cadeau offert devant nos yeux. Je voulais qu'ils soient spectateurs de ce nom, le leur, inscrit sur cette feuille qu'ils s'apprêtaient à entrer dans l'urne avec une solennité que ma compagnie aurait gâchée.

— Bonjour, nom et prénom, s'il vous plaît, me demanda machinalement l'agent du bureau de vote.

Je lui répondis de manière froide et détachée, pour ne pas trahir ma condition et pris un soin particulier à récupérer chacune des listes qui se trouvaient sur la grande table avant de m'engouffrer dans l'isoloir. Je m'étais néanmoins emparée du bulletin de Lemaître en trois exemplaires, pour en garder deux en souvenir. J'avais, vous l'aurez compris, une expérience contrariée avec mes souvenirs, mais je savais bien que cette relique figurerait assurément au sein de mon modeste Panthéon personnel. Je regardai un instant le bulletin de la liste de Lemaître, envahie par un sentiment de fierté. Je pliai le bulletin, le glissai dans l'enveloppe prévue à cet effet, et sortis de l'isoloir après de longues minutes. Quel que fût le résultat, rien ne pourrait m'enlever la joie qui m'habillait à ce moment-là de glisser un bulletin sur lequel figurait mon nom. Je n'avais encore rien gagné et cette figuration pourrait bien être balayée par les résultats, mais il existait — pardon de me répéter, mais à mon échelle, c'était un événement marquant — un bulletin de vote sur lequel était inscrit, noir sur blanc, mon nom. Après les traditionnelles signatures sur le registre, je fis tomber l'enveloppe dans l'urne : un puissant « A voté ! » retentit alors. Je me dis que c'était la moindre des choses. Je quittai la salle, déchargée d'un lourd poids qui m'habitait depuis trois ans.

Je n'avais plus qu'à attendre, mais dans ces moments-là, le temps ressemble à un salaud de première classe. Les minutes semblaient des heures. Je rentrai chez moi pour déposer les deux précieux sésames et allumai la télévision pour examiner comment se déroulait ce premier tour de l'élection municipale à l'échelle du pays. Depuis le matin, mon portable ne cessait de sonner : la boucle WhatsApp de l'équipe était en ébullition. Chacun commentait le taux de participation, qui plafonnait à 21,16 % à midi selon le communiqué officiel du ministère de l'Intérieur. Moins cinq points de participation par rapport à l'élection municipale précédente six ans plus tôt ; nous avions franchi un triste record. Jamais nous n'avions connu une si faible participation au cours d'une élection municipale depuis les débuts de la Vᵉ République. Éric tentait de rassurer les troupes en expliquant pourquoi cette abstention si considérable serait bénéfique aux maires sortants. Tous abondaient dans son sens, par adhésion à son analyse, par optimisme aveugle, pour ne pas se fâcher avec lui en ce moment si critique, ou peut-être pour tout cela à la fois. J'étais pour ma part incapable d'en tirer une quelconque conclusion, mais je me désolais de voir une élection si importante mobiliser si peu de monde.

À 17 heures, l'écart se creusa encore davantage par rapport aux élections précédentes : 36,71 % de participation soit plus de dix points de différence par comparaison à l'élection municipale précédente. On pouvait alors estimer assez fidèlement la participation finale autour de 50 %. Nous savions la politique décrédibilisée, l'abstention gagnant à chaque élection du terrain, mais une élection municipale à 50 % de participation, c'était du jamais-vu.

Happée par l'écran, il était déjà 17 h 46 et j'avais rendez-vous à la mairie avec toute l'équipe à 18 heures. Je quittai mon appartement sur-le-champ, inquiète, tentant de joindre Éric sur le chemin, sans succès. J'avançai à marche saccadée, me dirigeant mécaniquement vers ce lieu que je commençais à bien connaître pour m'y être rendue de nombreuses fois et m'imaginer y travailler encore davantage de fois. Les rideaux du bureau de Lemaître étaient fermés et la nuit prenait petit à petit le relais. Sur le parvis régnait un calme relatif, obstrué seulement par la présence des derniers votants et d'une équipe de CNews : un caméraman et une jeune journaliste qui pianotait sans cesse sur son portable avant le direct. On voyait bien qu'elle était novice et manquait un peu d'expérience, il devait s'agir de sa première campagne électorale. Sa voix laissait échapper quelques signaux faibles de tension et elle triturait son micro sans savoir vraiment comment le tenir. Dans un bastion réputé imperdable pour la droite, sans grand enjeu, ils avaient dû envoyer la petite nouvelle. J'étais néanmoins satisfaite de découvrir la présence d'une caméra sur le parvis, qui pourrait mettre en lumière Lemaître, sa victoire et ses équipes.

Je pénétrai dans l'antre républicain avec un retard inhabituel que je ne savais m'expliquer en ce jour si crucial, mais je voyais bien que j'étais comme déréglée. Il faut dire que la matinée passée m'avait accablée, étrangère que j'étais de mon propre corps, chair écrasée et esprit glacé.

Moins de deux heures seulement nous séparaient du résultat tant attendu et en m'avançant vers le bureau de Lemaître, une effervescence tout à la fois enthousiaste et appréhensive me gagna. Un vaste brouhaha se dégageait du bureau malgré la porte fermée. Je mis ma main sur la poignée et levai les yeux au ciel un instant, avant d'entrer. *Alea jacta est.*

Lemaître avait le regard vide, et la lumière qui perçait dans le bureau creusait ses rides. Autour d'elle, une vingtaine de spectateurs s'agitaient dans tous les sens, pour lui fournir notes, explications sur l'abstention, et téléphones portables avec barons au bout du fil. Elle semblait prise dans une sorte de tourbillon difficilement maîtrisable qui la dépassait. Dans le coin gauche du bureau se trouvait une télévision sur laquelle BFMTV tournait en boucle sur la participation bien triste du scrutin. Je me dirigeai vers Éric :

— Alors, du nouveau ? Je suis sûre que ça va le faire ! Quand je suis allée voter, j'ai bien vu que la pile de bulletins de Lemaître était bien plus faible que les autres ! Tentai-je de me convaincre.

Il semblait tout aussi optimiste que moi et me lança :

— Oui, c'est ce qu'on nous dit partout ! Et encore une fois, l'importante abstention nous avantage, les petits vieux se sont déplacés, c'est eux les 50 % de participation et ils votent pour nous !

Le raisonnement d'Éric, quoique sommaire, me parut véridique, et redoubla mon enthousiasme.

— Pourquoi Lemaître fait la gueule alors ? lui répondis-je.

— Ah ça, elle est toujours comme ça dans les instants décisifs, c'est juste qu'elle se concentre, elle prépare dans sa tête son discours de victoire. Ne t'en fais pas, c'est classique chez elle !

J'aimais particulièrement ces ambiances-là, où se mêlaient euphorie, excitation, moment de vérité et résultats d'une course entamée des années plus tôt. La nuit approchait et nous attendions tous impatiemment les scores. Je m'imaginais déjà avec l'écharpe tricolore, célébrant des mariages — oui je le veux, oui je le veux — par les pouvoirs qui me seraient conférés.

Je pensai alors à Guillaume qui devait se trouver dans tous ses états, mais armé de son flair psychologique qui devait rassurer ses troupes. J'aurais aimé lui dire n'aie pas peur, il y en aura d'autres, et celle-là te sera utile malgré tout pour la suite. Lui dire que le costume de candidat en campagne lui allait si bien, qu'il avait réussi à faire ses preuves bien mieux que ce qui était attendu, que la peine s'atténuerait et qu'il n'aurait rien à regretter. Mais je me trouvais dans le camp adverse et ma délivrance passait par une victoire de Lemaître, c'est-à-dire une défaite de Guillaume : le bonheur ressemblait ce jour-là à un crime passionnel.

Nous n'étions plus qu'à quelques minutes du résultat tant attendu. Alors que je m'éclipsais pour me rendre aux toilettes, je vis dans la petite cuisine en face du bureau de Lemaître des caisses de bouteilles de champagne, prêtes à être sabrées. Je pensai à ce moment-là à son discours de victoire et me dis qu'elle n'avait même pas dû en préparer un en cas de défaite. En sortant des toilettes, je me rinçai le visage à l'eau, pour me revitaliser avant cet événement si capital. L'élection était désormais jouée, les bureaux de vote fermaient leurs portes petit à petit et les premiers dépouillements commençaient. Nous n'avions plus qu'à patienter. Pour m'occuper, j'allai voir Éric pour le remercier longuement de sa confiance, et lui dire que je n'oublierais jamais que sans lui, je ne serais pas là aujourd'hui. Je n'étais encore nulle part, mais j'avais bien conscience que je lui devais déjà tout. « C'est gentil Adèle, mais tu me remercieras quand tu seras élue ! » me répondit-il, le sourire en coin. La réalité fut bien différente que ce que j'attendais, mais j'étais loin de m'en douter à cet instant précis.

Vingt minutes après 20 heures, les premières estimations tombèrent. Ce fut à Éric de les annoncer, lui qui avait infiltré des taupes dans chacun des bureaux de vote. Avant de les dévoiler, il prit bien soin de préciser que les chiffres n'étaient pas définitifs. Il finit par les divulguer machinalement : la liste du Rassemblement national était en serait en tête avec près de 40 % des voix, suivie par Lemaître à 25 %, Leroy à 15 %, Dabadier à 9 %, les Verts à 7 %, et le reste pour des listes indépendantes récoltant chacune un faible score. Des vestiges de cette nuit, je me souvins comme d'un cauchemar. Nous étions tous abasourdis. Il devait y avoir erreur, ce n'était pas possible, et André Rondepierre, le bras droit de Lemaître, fut le premier à exprimer notre incompréhension partagée :

— Arrête, tu racontes des conneries là, Éric. Ça vient d'où, tes chiffres ? lança-t-il.

Éric répondit :

— À l'heure qu'il est, 70 % des bureaux de vote ont dépouillé, donc ça peut encore bouger. Encore une fois, ce n'est pas définitif...

Il savait bien en réalité que la tendance dessinée s'avérait définitive et que les résultats n'évolueraient qu'à la marge.

Dès 20 h 05, il avait commencé à recevoir sur son téléphone portable les premiers scores de certains des dix-huit bureaux de vote de l'arrondissement. Incrédule, il avait attendu le plus longtemps possible avant de les communiquer à Lemaître. Mais la tendance s'était confirmée minute après minute et il savait avec certitude que le RN serait en tête du scrutin lorsqu'il nous l'annonça.

Personne n'avait osé imaginer le RN en tête. Certes, les sujets sécuritaires occupaient depuis de longs mois, pour ne pas dire années, le premier plan dans les médias et les attentats terroristes ou les faits divers récents de policiers attaqués soufflaient comme le vent dans le dos des représentants de ce parti. Mais jusqu'à présent, leurs scores aux élections locales s'étaient révélés relativement limités, surtout à Paris. Indubitablement, une nouvelle ère s'ouvrait sous nos pieds et nous siégions en premières loges.

Lemaître attendait encore les résultats définitifs, mais elle paraissait absente et avait perdu de sa combativité habituelle, comme si elle se préparait à enterrer sa vie politique en y jetant un regard à titre posthume. Je choisis ce moment-là pour m'éclipser fumer une cigarette. Je me mis dans l'arrière-cour de la mairie, dos au mur. La cigarette avait alors le goût amer de la défaite. Maryse, une bénévole avec qui j'avais l'habitude de tracter me suivit sans s'arrêter de me parler. Elle était dépitée et noyait son chagrin dans les mots. Alors que nous avions consommé environ les trois quarts de nos cigarettes, on s'est tu toutes les deux. J'ai emporté ce silence avec moi jusqu'au bureau de Lemaître. Rien n'avait bougé, ni les résultats ni les personnes enfouies dans le canapé et les chaises autour du bureau. Lemaître était alors d'une beauté froide, digne, presque grandiose bien que désenchantée. Elle apparaissait dans son plus simple appareil, dans une forme de dénuement, dépouillée de son masque théâtral de politique en campagne.

Pour le second tour, seules les listes à plus de 10 % subsistaient, soit le RN, nous et Guillaume. Fort heureusement, Dabadier — avec un score définitif de 9,27 % — ne réunit pas les suffrages nécessaires pour se qualifier. C'était l'unique bonne nouvelle de la soirée et nous pensions tous que ces 9,27 % de voix représentaient autant de réserves pour Lemaître. Plusieurs stratégies se confrontaient alors : s'allier avec le RN et former une coalition pour garder la mairie à droite, en sachant toutefois que Lemaître ne serait pas maire, mais seulement numéro 2 ; continuer comme au premier tour sans nouer d'accord en espérant gagner au second, stratégie risquée, mais défendue par une majorité ; ou négocier avec la gauche pour qu'elle retire sa liste afin de faire barrage au RN, au prix de compromissions certainement importantes.

Luc, un ancien adjoint de Lemaître qui figurait à la 6e place, prôna avec un courage manifeste la première solution. Il se trouvait en minorité, mais nous connaissions tous son passé, proche de Sens commun et de la Manif pour tous. Luc était de ceux nés le menton en avant, le nez droit, et une moue exaspérée jetant sur le monde un regard froid, accompagné d'un mépris à peine dissimulé. Je n'avais pas d'affinités particulières avec lui et son costume gris en tweed me rappelait furieusement mon professeur d'anglais royaliste. Personne ne paraissait véritablement l'intéresser et malgré les nombreux moments partagés en sa compagnie, il m'était impossible de l'imaginer sourire. Il s'était engagé dans sa jeunesse pour le parti chrétien-démocrate, quand ça voulait encore dire quelque chose, avant de se ranger derrière Lemaître, par opportunisme plus que par conviction. Il militait depuis plusieurs années pour l'union des droites et semblait tenir enfin son moment. Dans le silence pesant qui régnait, il se décida à prendre la parole :

— Nous sommes tous extrêmement déçus ce soir, mais nous devons dès à présent nous mobiliser pour le second tour dans une semaine. Le message que nous envoient ce soir les électeurs est clair et nous devons l'entendre : ils souhaitent davantage de sécurité dans leur quotidien. Sur ce sujet, ne jouons pas les candides, nous sommes en tout point d'accord avec ce que propose le RN. Je crois que la seule solution pour continuer à servir les habitants de notre arrondissement consiste à nous allier avec le RN. J'en suis convaincu : une majorité d'habitants attendent ce rapprochement, qui serait bénéfique pour tous et...

André Rondepierre l'interrompit alors, feignant la politesse :

— Je doute, mon cher Luc, que ton avis soit partagé par tous. Notre famille politique, c'est celle du général de Gaulle et nos valeurs sont aux antipodes de celles du RN. Nos électeurs ne nous pardonneraient pas un tel pacte et percevraient cette alliance, avec un parti que nous avons toujours combattu, comme une trahison. Je crois que nous devons rester dans notre couloir, nous démultiplier pour la campagne du second tour et espérer que les électeurs se mobilisent pour Catherine. Rien n'est encore joué et nous pouvons rattraper notre retard. Pour ma part, jamais je ne figurerai sur une liste menée par le Rassemblement national.

Lemaître demeura silencieuse durant tout ce temps, les yeux rivés sur son téléphone portable. Elle semblait prendre le pouls de la salle et attendre que chacun s'exprime avant de se manifester. À 23 heures passées, elle se leva alors pour prononcer ce qui avait des airs d'oraison funèbre de sa carrière politique :

— Effectivement, c'est un choc et une terrible déception pour nous tous, de par les résultats, mais également l'abstention massive qui doit nous interroger collectivement.

Elle reprit alors, pendant quelques secondes, sa respiration.

— Mais je crois en notre victoire : elle sera difficile, peut-être même étriquée, mais qu'importe ! Je suis convaincue que tous ensemble, nous pouvons aller la chercher. Pour cela, j'ai besoin de vous, comme jamais je n'ai eu besoin de vous. Il nous reste sept jours. Sept jours pour montrer que la droite n'est pas morte dans notre arrondissement. Sept petits jours pour convaincre chacun des habitants, pour rassembler largement, pour que tous ceux qui aiment passionnément notre arrondissement se mobilisent pour notre victoire, sept jours pour aller à la rencontre de tous, sept jours pour défendre notre programme dans lequel je crois profondément. Un exploit historique vous attend, nous attend : ensemble, nous allons gagner ce second tour !

Lemaître avait remis ses habits de candidate et faisait ce qu'elle savait faire de mieux : entraîner les foules. Après ces quelques mots, le message était clair et les troupes revigorées. Nous allions partir une nouvelle fois au combat, plus déterminés que jamais. Les mathématiques ne jouaient pas en notre faveur, mais nous l'applaudîmes avec entrain, persuadés que nous pourrions renverser des montagnes.

Elle ajouta :

— Dès ce soir, Éric vous communiquera le planning de campagne. Je vais rester avec lui pour le préparer, vous pouvez rentrer prendre des forces car la semaine sera rude. Je compte sur vous, on va gagner !

Elle ne mentionna nullement les scores des têtes de listes à l'échelle parisienne ni les contacts qu'elle avait eus avec l'état-major du parti concernant la ligne à suivre face au RN.

Ce parti était arrivé 2e dans la capitale, avec 32 % des voix au premier tour, derrière le PS avec 35 % des voix et devant Les Républicains à 20 %. Je n'appris que plus tard que la direction de notre parti avait tenté d'imposer une ligne de conduite pour tous les arrondissements : le maintien sans concession. Mais face aux velléités de chacun — certaines têtes de liste arrivées 2e ou 3e se retirant au profit de la gauche, d'autres préférant se maintenir coûte que coûte — elle avait dû abdiquer. Lemaître avait donc les cartes en main et pouvait choisir la stratégie qui lui semblait la plus opportune.

Je pensai alors à Guillaume, pierre angulaire de cette élection avec ses 15 %, score plus qu'honorable, et désormais faiseur de rois.

Le soir, je ne parvins pas à trouver le sommeil, un état somnambulique m'envahissait et je me réveillai à intervalles irréguliers, semi-consciente, tantôt pour fumer une cigarette, tantôt pour boire un verre d'eau. Je me hasardai à écrire un nouveau message à Guillaume vers quatre heures du matin, pour savoir s'il dormait. Je me regardai dans le miroir et j'avais comme perdu mon expression. La fougue qui m'habitait quelques heures auparavant, lors du discours de Lemaître, m'avait quittée : il ne restait désormais plus que la pénombre et la possibilité de voir le RN prendre possession de notre mairie.

Un songe d'hiver, dans l'ombre d'idées noires portées au pouvoir par des doyens qui ont le sentiment de vivre la fin de leur temps, et que c'est la fin des temps. J'avais croisé une fois seulement le candidat du Rassemblement national : il s'appelait Xavier Nodet et sortait tout droit du XIXe siècle, paré d'un sourire de classe dirigeante. Un romantique après l'heure, qui évoquait à nos aînés, par son accoutrement même, le temps de leur enfance révolue. La flânerie à laquelle il invitait ressemblait à un voyage dans le temps : il ravivait l'éden perdu d'un Paris en noir et blanc, surtout en blanc et sans noir. Un Paris imaginaire, qui n'a probablement jamais existé, sauf dans les films d'époque, la Belle Époque, comme ils disent, où les hauts-de-forme côtoyaient les redingotes, où les jupes rembourrées se prolongeaient jusqu'au col monté bordé d'une petite fraise, feignant d'oublier les maladies dévastatrices de l'époque, la misère des faubourgs et les conditions de travail insoutenables.

Je m'allongeai finalement sur mon canapé, perdue dans mes pensées, tombant de sommeil presque par effraction au petit matin.

Le lundi matin, Guillaume avait tenté de me joindre à trois reprises, chose plutôt inhabituelle pour lui. Je ne lui avais toujours pas parlé depuis l'officialisation des résultats du premier tour, sauf quelques textos lapidaires. Je le rappelai donc après avoir englouti mon café en fin de matinée, alors que le soleil atteignait déjà son zénith et assaillait la façade des immeubles qui se tenaient face à moi, de l'autre côté de la rue :

— Adèle ! Tu vas bien ?

— Très bien et toi ?

— Oui, ça pourrait aller mieux, mais ça va...

Il prolongea le silence comme pour ménager ses effets. Nous ne nous étions pas vus depuis la rencontre impromptue avec sa directrice de campagne huit jours auparavant : je ne savais rien de ce qu'ils s'étaient dit par la suite, mais cette prise en flagrant délit nous avait indubitablement éloignés, c'est-à-dire l'avait remis à sa place. Je m'avouais alors bien incapable de qualifier, après un tel mutisme, la nature de notre relation à ce moment-là. Mais son appel me faisait plaisir et je tenais à le féliciter de vive voix :

— Encore un grand bravo pour ton résultat. J'imagine que tu dois être déçu, mais c'est un score très important pour la gauche dans le 8e !

— Merci beaucoup, je suis surtout inquiet quand je vois le RN en tête, aux portes de la mairie. J'ai beaucoup réfléchi, j'aimerais te parler... Tu serais disponible dans une heure ?

Je faillis lui proposer de me retrouver chez moi, convaincue que l'étreinte physique nous permettrait d'oublier cette parenthèse distante, mais je me retins à temps, par orgueil.

— Oui, si tu veux, on se rejoint dans notre café habituel du 13e ? lui proposai-je.

— Ça marche, à tout à l'heure.

Il était l'heure de déjeuner et la promenade en métro jusqu'au 13e arrondissement avait le goût sucré d'un bonbon enfoui dans sa poche que l'on retrouve par hasard, pour son plus grand plaisir. Je m'assis en terrasse, commandai un Coca que je bus avec avidité, et allumai une cigarette en l'attendant. Il arriva quelques instants après seulement, ne sachant pas vraiment s'il devait me faire la bise ou m'embrasser. Il se contenta finalement de me saluer par un malicieux sourire, comme pour ne pas trancher, et tint à entrer dans le vif du sujet rapidement.

— Je voudrais fusionner ma liste avec celle de Lemaître pour faire barrage au RN : Nodet à la tête du 8e, c'est ce qui peut advenir de pire, et je souhaite faire tout ce qui est en mon pouvoir pour l'en empêcher, soutenait-il.

— Il faut que chacun prenne ses responsabilités face à cette situation, c'est sûr, mais dans ce cas, pourquoi ne te contentes-tu pas de te retirer pour permettre à Lemaître de l'emporter ? lui rétorquai-je.

— Je pourrais faire comme elle et me maintenir aussi, en espérant gagner face à elle et au RN. Personne ne peut prédire ma défaite. Donc, me retirer unilatéralement, non, mais le bon compromis me semble être la fusion de nos deux listes. Lemaître se dit sûrement qu'elle peut triompher seule et qu'elle n'a pas besoin de moi : la vérité, c'est que les habitants souhaitent du renouvellement et qu'elle accuse un retard trop important à rattraper. Elle ne gagnera jamais si je me maintiens.

— Oui, Lemaître se dit qu'elle peut gagner seule, mais il y a un vrai risque, c'est vrai. Elle mise sur un vote de repli et pense que les électeurs ont voulu faire passer un message au premier tour, mais qu'ils n'iront pas jusqu'à élire Nodet.

— Elle se trompe, c'est plus qu'un avertissement, il la devance de 15 points, et les voix de Dabadier peuvent permettre à Nodet de gagner. Elle a deux solutions : s'unir avec moi pour empêcher le RN d'accéder à la mairie, ou ne pas entendre le signal des électeurs, se maintenir, et laisser le RN gouverner notre arrondissement. Pour ma part, j'ai fait mon choix.

— Je suis d'accord avec toi Guillaume, la liste d'union me paraît la solution la plus sûre, nous ne pouvons pas prendre un tel risque… Mais je ne suis pas convaincue que Lemaître acceptera.

Il s'attendait certainement à une telle réponse. Il semblait sûr de ses forces et persuadé de pouvoir faire plier Lemaître.

— Je vais m'entretenir avec elle dans l'après-midi. D'ici là, j'ai besoin de toi ; il faut que tu l'appelles pour la convaincre, ainsi que tous les autres membres de la liste. La négociation sera âpre et certaines têtes vont tomber pour accorder une place à des personnes de ma liste. Mais je compte sur son sens des responsabilités.

— Je vais essayer, mais je ne te promets rien. Moi aussi j'ai besoin de toi ; il faut que tu me préserves sur la liste.

— Oui, bien sûr, je ferai le maximum pour que tu restes.

Je pensais alors que nous nous étions tout dit et qu'il se lèverait pour partir à son prochain rendez-vous. Mais il n'en fut rien, car il ne m'avait dévoilé que le premier étage de sa stratégie. Il me regarda fixement, comme du sommet de sa tour :

— Ce n'est pas tout… Je suis convaincu que les électeurs souhaitent du renouvellement. Lemaître est aujourd'hui décrédibilisée, avec l'article du *Canard* sur les HLM, mais aussi à cause de ses nombreux retournements de veste.

— Où veux-tu en venir, Guillaume ? Elle a fait 25 % et toi 15 % ! Tu ne crois quand même pas qu'elle va te céder la tête de liste et le poste de maire ?

— Non je lui laisserai la tête de liste. Mais elle n'est pas nécessairement celle qui finit maire. Une fois que nous serons tous élus, c'est le conseil municipal qui votera pour désigner le maire. La liste gagnante disposera de dix ou onze élus selon le score que nous réaliserons au second tour. Si l'on calcule mathématiquement, compte tenu de nos scores respectifs au premier tour, je peux prétendre à quatre élus sur la liste : il ne m'en manquerait plus que trois pour obtenir la majorité au conseil municipal, ce qui revient à deux si je peux compter sur ton vote…

J'étais ébahie. J'avais connu Guillaume téméraire et enfantin, je le découvrais prince machiavélique. Je l'observai durement, pesamment.

— Qu'est-ce qui te fait croire que je voterai pour toi ? Je dois tout à Lemaître, je suis engagée auprès d'elle depuis près de trois ans, tu es bien optimiste d'espérer mon vote ! Cela serait un reniement de toutes mes valeurs !

— Nous pourrons en rediscuter dans les jours qui viennent. Mais je suis convaincu que Lemaître est dépassée, qu'elle a perdu la confiance des habitants et que si j'étais maire, nous pourrions vivre notre amour au grand jour, à la tête de la mairie. Réfléchis-y, il faudra aller vite, mais tu as un peu de temps pour y penser.

Je restai silencieuse un moment, et je vis dans ses yeux une complicité retrouvée. Tant d'autres regards m'avaient caressée, mais le sien me pénétrait. Il avait un sourire un peu coupable. Il hésita un instant, avant de prendre congé, m'embrassant sur la bouche comme on serrerait la main d'un associé pour conclure un pacte. Ses lèvres étaient entrouvertes et je les accueillis avec une pointe de retenue. Il y avait là, à travers ce baiser signature, une promesse d'avenir et l'éternité d'une vie à ses côtés en présage. Sa proposition me semblait totalement insensée, mais en l'embrassant, je me sentis à nouveau en paix, comme si la vie sauvage était venue m'arracher à ma condition pour m'offrir un instant volé de bonheur, sans lettres de noblesse, mais avec la conviction de partir à l'aventure.

L'après-midi s'étirait lentement. Nous avions rendez-vous à 16 heures à la mairie autour de Lemaître et de son équipe rapprochée, pour « faire le point » sans trop que je sache ce que cela signifiait. Je profitai des quelques heures qui me restaient avant ce rendez-vous fatidique pour passer quelques appels. Éric, André, Vincent et Isabelle, tous présents sur la liste de Lemaître, eurent la bonne surprise de recevoir un coup de fil de ma part les enjoignant de former une liste d'union avec le PS. Éric semblait le plus convaincu, conscient des risques de défaite et de voir le RN diriger notre ville. Les autres, particulièrement André, se montraient plus circonspects, croyant aux chances de Lemaître d'y arriver seule, par conviction ou probablement plutôt pour ne pas risquer de se faire dégager de la liste. C'est qu'ils avaient dû consentir à des efforts de sportifs de haut niveau pour figurer là, et ils ne souhaitaient sans doute pas prendre le risque de se faire sortir. Perdre face au RN à la loyale, pourquoi pas, mais pour faire de la place à des gauchistes, certainement pas ! Le dernier mot reviendrait de toute façon à Lemaître : c'était à elle de trancher, et j'avais l'impression de me lancer dans un combat perdu d'avance en repensant à son discours de la veille. Là était toute la difficulté du métier : Lemaître devait avoir une foi inébranlable en elle et s'imaginer meilleure que tous les autres — condition indispensable pour se jeter dans le bain et franchir tous les obstacles qu'on avait placé sur sa route — et en même temps, se savoir détestée par beaucoup, garder en tête que nul n'est irremplaçable et que sa position s'avérait fragile. Cela supposait des qualités pour le moins contradictoires.

Elle ne pouvait ignorer que ses chances de l'emporter restaient objectivement faibles. Elle le savait, mais il y avait deux éléments en balance : d'un côté, l'espoir auquel elle se raccrochait, si ténu, mais lui permettant de gagner la tête haute et sans compromis, et de l'autre, son honneur et le sens d'un engagement d'une vie, contre ce que représentait le RN. Elle avait en effet passé des décennies à le combattre, à fustiger le racisme de ses élus, à clamer qu'il y avait entre elle et eux une différence de nature et non de degré. Comme tant d'autres à droite, elle répétait que ce parti surfait sur les problèmes des Français sans jamais les transformer en solutions et que sa famille politique savait faire primer les intérêts de la nation sur les intérêts partisans. À l'heure de transposer les paroles en actes, elle se trouvait face à un choix déterminant, certainement le plus important de sa carrière politique. Allait-elle, réellement, faire « tout ce qui était en son pouvoir » pour éviter une victoire du RN, au détriment de sa propre carrière ? Elle était arrivée jusqu'à la frontière même de la politique, où se mêlent ambition personnelle, pureté d'un combat mené de longue date, goût du risque et dimension sacrificielle. Elle avait rendez-vous avec elle-même et elle devait faire vite :

il ne lui restait qu'un peu plus de vingt-quatre heures pour déposer sa liste du second tour.

Peu avant 16 heures, je me dirigeai vers la mairie avec anxiété. J'avais découvert auprès de tous mon jeu et chacun savait que je faisais pression pour une union avec Guillaume. L'ennui, c'est que je pouvais tout perdre, même en réussissant mon coup : quand bien même Guillaume serait parvenu à convaincre Lemaître, ma place n'était en rien assurée sur la liste et il fallait bien trouver des têtes à couper pour son équipe. J'eus un moment d'abattement en traînant mes pieds sur le béton fissuré, doutant au plus profond de moi-même de mes choix que je ne parvenais plus à m'expliquer. J'accélérai alors le pas, me disant qu'il était temps d'en finir avec cette élection. J'avançai seule, l'eau jusqu'au cou, craignant la relève de lendemains anonymes, dépouillée du sentiment d'avoir une place dans ce monde, la culpabilité secrète en plus, qui me nouait le ventre, nœud gordien que seule une victoire et la perspective d'être utile pouvaient dissoudre.

Nous nous retrouvâmes tous dans le bureau de Lemaître, dans un premier temps, sans elle. Le silence encombrait la pièce et chacun semblait préoccupé par son sort. Lemaître fit son entrée quelques minutes plus tard, d'un air étonnamment serein et souverain, en paix avec elle-même. Tout le monde la contemplait avec une attention toute particulière, ce qui lui faisait visiblement plaisir. Elle s'assit lentement, posant sur nous un regard décidé, réprimant presque un sourire. Elle ferma furtivement les yeux, respira profondément, avant de nous dire :

— Merci à tous d'être là. J'ai beaucoup réfléchi depuis hier soir, et la situation actuelle m'inquiète particulièrement. Je m'en voudrais toute ma vie d'avoir permis au Rassemblement national de me succéder ici. C'est une décision qu'il m'est très difficile de prendre, vous vous en doutez, et je sais les sacrifices que cela supposera pour certains d'entre vous. Mais je suis convaincue que c'est la bonne décision, pour ne pas dire la seule que nous avons. Dans les moments historiques comme celui que nous traversons, nous devons tous être capables de mettre notre ego de côté et ne garder comme boussole que l'intérêt général. C'est ce qui m'a guidée. Je ne pourrais tolérer de voir notre arrondissement défiguré par le Rassemblement national et le message symbolique terrible qu'une victoire du RN sur nos terres signifierait. Nous pourrions peut-être, certes, gagner seuls, mais le risque est trop important : j'ai donc décidé de présenter aux électeurs une liste d'union avec Guillaume Leroy, le candidat de la gauche. L'attachement à notre arrondissement nous conduit à suivre cette voie, en responsabilité.

Un silence s'installa. J'exultai intérieurement devant un public ébahi. Derrière ces mots graves de Lemaître se dessinaient l'honneur et le courage. Il est des moments où l'histoire s'écrit sous vos yeux. La petite, bien entendu, celle d'un combat dans un arrondissement parisien, mais qui offre à des personnalités politiques, qu'on pourrait croire pourries et cherchant uniquement à préserver leur siège bien au chaud, une rencontre avec leur destin. Ils prouvent alors en actes que la politique est, avant une affaire de personnes, une bataille des valeurs qui dépasse largement les individualités qui les portent. Lemaître vaincue, mais Lemaître grandie : c'est dos au mur qu'elle prenait sa pleine puissance et démontrait à tous qu'elle était une femme politique au sens le plus noble qu'il soit. Elle offrait à tous une leçon, et clouait le bec à ses détracteurs qui ne voyaient en elle qu'un *apparatchik*. À l'abri des intérêts personnels et partisans, portée par une vision ardente de l'intérêt général, elle s'était effacée au profit de ce qu'elle croyait juste.

Après la sidération, le temps de la crainte : nous savions qu'il fallait faire de la place à Guillaume et ses colistiers, et qu'une moitié d'entre nous seraient sacrifiés. Telle une cerise accrochée inlassablement à l'arbre, consciente de sa maturité et présageant funestement son sort, l'assistance savait qu'elle devrait se soumettre à un jeu de roulette russe, un flingue pointé sur chacune de nos têtes avec pour unique espoir de tomber sur la chambre vide du barillet. Pour ma part, seule une liste d'union au sein de laquelle je figurerais me permettrait de gagner quelques places et d'être élue suite aux résultats du premier tour. Mais mes chances de survie semblaient limitées : jeune, quasiment inconnue, figurant à une lointaine 11e place, je ne donnais pas cher de ma peau. J'avais acquis la conviction que Lemaître sauverait d'autres têtes avant la mienne, qui lui paraîtraient plus familières, plus expérimentées, moins facilement sacrifiables. Ma seule chance était d'avoir Guillaume avec moi. Afin de ne pas découvrir notre jeu — il aurait été curieux pour Lemaître d'entendre le candidat d'en face se démener pour me conserver sur la liste alors que nous n'étions pas censés nous connaître —, Guillaume m'avait révélé l'argument de poids qu'il comptait utiliser : le nécessaire renouvellement attendu par les habitants, et leur volonté, toute supposée, de voir de nouvelles têtes, plus jeunes, diriger l'arrondissement. Argument imparable s'il en était, me donnant sur tous mes adversaires un « avantage compétitif » indéniable.

Le temps de l'amitié guillerette semblait révolu. De compagnons de route à futurs collègues, nous nous positionnions désormais en concurrents, engagés dans une voie sans issue, du moins pour la moitié d'entre nous. Les bouffissures sur les visages sautaient soudainement aux yeux et les sourcils froncés reflétaient l'état d'agitation dans lequel chacun se trouvait. Au milieu de ce chaos qui n'osait dire son nom, de cette déflagration aphone, je semblais en dissonance, fière du choix de Lemaître et une confiance aveugle en Guillaume.

Le temps nous était plus que jamais compté, et Lemaître rebondit, après ce silence qui parut interminable :

— J'appellerai chacun d'entre vous demain, pour évoquer la suite. Quoi qu'il en soit, je compte sur vous pour continuer la campagne jusqu'au bout. Je sais bien que certains seront très déçus, mais je veux vous dire à tous que le combat que nous menons doit être remporté. Ni pour moi, ni pour vous, mais pour nos valeurs. Si je suis élue à la tête d'une liste de rassemblement, le programme que nous avons bâti ensemble sera appliqué : vous pourrez compter sur moi pour le défendre dans sa totalité. Là se trouve l'essentiel.

Luc, qui prônait une union avec l'autre côté du spectre, ne se laissa pas démonter. Il se leva vigoureusement et affirma alors avec conviction :

— Pour ma part, mais tu t'en doutes certainement chère Catherine, il m'est impossible de faire alliance avec des gauchistes. C'est là que se trouve le reniement de toutes mes valeurs, et j'oserai dire, pour te connaître quand même un peu, de NOS valeurs. Ne compte pas sur moi pour aller tracter avec eux et pire, diriger l'arrondissement à leurs côtés, eux qui font preuve d'un aveuglement mortifère sur les questions de sécurité et sur tant d'autres sujets. À t'entendre, on a l'impression qu'Hitler est aux portes de la mairie ! Je ne sais quelle mouche t'a piquée depuis hier soir, mais je ne te reconnais plus. En politique, 1 + 1 ne font pas forcément 2 et tu te fourvoies en pensant que les électeurs de droite ET de gauche voteront pour toi. Les électeurs attendent de la clarté et ne comprendraient pas que tu t'allies avec ceux que tu combats depuis toujours. Et moi qui croyais que tu avais un certain sens politique, manifestement je me suis trompé…

J'eus un haut-le-cœur. Il prit sa veste couleur olive à col en velours côtelé, son cartable en cuir noir et déguerpit sans accorder à Lemaître le temps de répondre, dans une colère contenue que ses manières et son éducation ne sauraient laisser éclater.

Lemaître ajouta :

— Bon, je m'en doutais, je l'appellerai plus tard, ne vous en faites pas... Comme je vous l'ai dit, c'est une décision mûrement réfléchie. Allez, à demain, j'ai encore beaucoup à faire.

Mes multiples appels aux colistiers pour les enjoindre de défendre une liste d'union avec la gauche avaient dû parvenir aux oreilles de Lemaître. En me levant, alors que je m'apprêtais à quitter son bureau, je la regardai du coin de l'œil et je la vis m'adresser un sourire discret, comme celui d'un enfant fier, imperturbable au milieu de l'ouragan, témoignant une fraternité nouvelle, à moi qu'elle connaissait finalement si peu, comme pour me signifier qu'il n'y a pas que les années qui comptent, mais aussi les complicités d'esprit et les valeurs en partage.

Adèle, tu es où ? Je peux te rejoindre chez toi ?

C'est avec ces mots que Guillaume m'interrompit dans mon sommeil ce soir-là. Il était 22 heures et il n'était plus venu chez moi depuis des semaines.

Il arriva sur le seuil de ma porte une dizaine de minutes plus tard : il avait retrouvé ses vingt ans et son euphorie, même si son costume sombre, sa chemise blanche et ses chaussures en cuir prouvaient le contraire. Il sortait tout juste de l'ardue négociation qu'il avait eue avec Lemaître. En tout, ils étaient quatre autour de la table : les deux têtes de liste, chacune accompagnée de son bras droit, André Rondepierre pour Lemaître, et Alix, sa directrice de campagne, pour Guillaume. Alors que j'émergeais à peine de mon sommeil, il déboula chez moi excité comme un gosse, avec un sourire grandiose. Il se rua vers la cuisine en criant : « il faut qu'on ouvre du champagne ! » Il se retourna vers moi, et il vit bien que je n'étais pas tout à fait disposée à boire. Il ajouta : « je vais tout t'expliquer, je suis trop content ! » Il ne cessa de sourire et se rapprocha vigoureusement de moi après avoir trouvé une bouteille de vin blanc. Il me saisit le visage avant que sa main, tendre, mais ferme, ne se faufilât sous mon tee-shirt. Il m'embrassa passionnément, comme un premier baiser, fougueux, absolu, sans réserve, celui qu'on donnerait à son amour de jeunesse retrouvé après un long périple. Il s'arrêta net et me regarda dans le fond des yeux, avant de s'exclamer : « attends, il faut que je te raconte ! »

Il avait réussi son coup : sur la nouvelle liste d'union du second tour, il avait obtenu quatre places sur treize, toutes dans les onze premières, c'est-à-dire éligibles. Et surtout, surtout pour moi, j'étais maintenue sur la liste et j'avais grimpé de deux places, de la 11e à la 9e place. Par un heureux hasard de circonstances — ils étaient trois au total à ne pas souhaiter figurer sur une liste avec le camp ennemi —, Lemaître et Guillaume avaient dû chambouler les rangs et étaient tombés d'accord pour faire de moi une élue certaine de l'arrondissement en cas de victoire. Lemaître conservait la première place, Guillaume était deuxième et l'accord ressemblait à un jeu à somme positive. Je ne dis rien, je me contentai de le regarder, mue par un dévorant désir double qui s'incarnait à travers lui : l'embrasser pour ce qu'il était, objet de mon amour que je ne parvenais à dissimuler, et pour le *satisfecit*, la négociation au cours de laquelle il avait fait mieux que me sauver, il m'avait élevée, et j'avais envie de lui confesser que c'était dans la liste et dans la vie, je brûlais de lui crier mon amour, plus fort que moi et presque à mes dépens, tout lui raconter, mes cicatrices, mes bassesses, mes craintes, mes renoncements, mais nous étions lancés dans un réapprivoisement corporel que je ne souhaitais déranger, comme deux feux follets libérés dans une valse à mille temps. Seuls vivaient nos corps, ivres de joie, dont les muscles se crispaient et se décrispaient dans un mouvement incontrôlable, carcasses fraîches qui abritaient l'ardeur d'un printemps au goût d'été, quand la chaleur hurle et qu'elle n'en finit plus. Je m'abandonnai entièrement à lui, prisonnière de son royaume, esclave de mes sens, mes poignets entravés, soustraite à ces hasards où chacun devine instinctivement et mécaniquement la note d'après dans cette partition des corps. Tout semblait être revenu comme avant, le passé en mieux, le passé, simple, au plus-que-parfait. J'étais vaincue par tant de charme, par cette enfance retrouvée en sa compagnie, époque lointaine qu'on ne goûtait désormais qu'à travers ses souvenirs qui s'éloignaient de plus en plus vite. À ses côtés, la marée de mes angoisses refluait.

Au milieu de la nuit, je me réveillai soudainement. Je le regardai longuement dormir, le bras droit plié jusqu'au-dessus de sa tête, la chevelure brune ébouriffée et le tee-shirt qu'on devinait froissé : il ne m'avait jamais semblé aussi beau.

Le lendemain matin, Lemaître m'appela à la première heure pour m'annoncer la bonne nouvelle. Je dus feindre la surprise et la remerciai chaleureusement, pratiquement avec les mêmes termes que lorsqu'elle m'avait appris ma présence sur la liste avant le premier tour. Elle semblait particulièrement heureuse d'avoir réussi à maintenir neuf personnes sur treize, ne cédant que quatre places au PS. Non sans malice, connaissant le plan de Guillaume consistant en ce qu'on pourrait appeler un coup d'État de l'intérieur, je la congratulai pour cette négociation.

Guillaume avait déjà quitté mon appartement et je m'aperçus quelques instants après qu'il avait laissé un mot dans l'entrée :

> J'ai passé à nouveau une soirée extraordinaire avec toi hier soir, on se revoit vite. PS : je t'ai envoyé la liste du 2e tour par mail, peux-tu sonder tes collègues sur Lemaître ?

Il était déjà passé à la deuxième étape de sa stratégie : convaincre mes colistiers, en cas de victoire, de voter pour lui comme maire lors du premier conseil municipal. Par curiosité, j'ouvris immédiatement mon ordinateur pour consulter ma boîte mail et découvrir qui avait été sacrifié et qui, au contraire, se trouvait toujours debout. Hormis Lemaître, nous étions huit rescapés de sa liste du premier tour : Sylvie, une ancienne sportive de haut niveau et adjointe de la mandature qui s'écoulait (3e place), André Rondepierre (4e place), Éric (6e place), Martine (7e place), moi-même (9e place), Vincent (10e place) et enfin Laurent et Mathilde, respectivement à la 12e et à la 13e place. Guillaume avait donc réussi à négocier la 2e place pour lui-même, ainsi que les 5e, 8e et 11e places pour ses colistiers.

Je ne souhaitais pas vraiment participer au funeste coup d'État de Guillaume, mais sans doute par amour bête, qui vous pousse à agir sans réfléchir, j'appelai Éric pour lui faire part de ma joie, et peut-être aussi pour le sonder :

— Éric, c'est Adèle, tu vas bien ?

— Oui et toi ? Catherine t'a appelée ?

— Oui, je l'ai eue tout à l'heure.

Je tentai de me donner un air sérieux, comme pour prouver mon détachement et que seule comptait la bataille des idées et non des personnes.

— Je suis heureuse de cette marque de confiance, et surtout de son choix de fusionner les listes avec la gauche.

Il était d'humeur narquoise :

— Oui, je pense que c'était le bon choix. T'imagines, pour ta première campagne aux côtés de Catherine, tu fais gagner le RN ! T'aurais été notre chat noir !

Il éclata de rire, fier de son bon mot.

— Oui, j'aurais tiré un trait définitif sur la politique, ça c'est sûr ! Et pour la suite, tu le sens comment ?

— Non pas définitif, il ne faut jamais dire jamais en politique ! Pour la suite, je pense qu'on va gagner. Il n'a pas tort Luc quand il dit qu'1 + 1 ne font pas forcément 2, mais même si on perd certains électeurs en route, je pense qu'on fera au minimum 55 %.

— Et Catherine, tu la sens comment ?

— Catherine...

Il marqua un silence.

— Catherine est courageuse, c'était un choix très difficile, pour elle, mais aussi compte tenu des injonctions, au départ, du parti. Tout l'état-major du siège l'a appelée... Je pense qu'elle savait, dès qu'elle a découvert les résultats du premier tour, que l'union était la seule solution. Mais beaucoup de politiques sont aveugles et imaginent qu'ils peuvent inverser la tendance. Elle a été lucide, et a accepté de sacrifier une partie de ses équipes pour l'intérêt général. Contrairement à ce que beaucoup disent, elle a redonné à la politique sa grandeur. Et elle a quand même géré cette négociation d'une main de maître ! Elle a réussi à ne lâcher que quatre places !

— Oui, tu as raison. J'espère qu'on arrivera à gouverner avec la gauche et que cette union ne signifiera pas six ans d'immobilisme au sein de cette majorité, lui répondis-je, toujours convaincue de la nécessité de faire de ce pouvoir qu'on nous confierait quelque chose d'utile.

— Elle est parvenue à sauver l'essentiel de son projet pour l'arrondissement. Beaucoup dépendra du score à l'échelle parisienne, mais Leroy s'est engagé, avec ses équipes, à voter la totalité du programme qu'on a porté au premier tour, ça aussi c'est capital. Battre le RN, certes, mais pour quoi faire derrière ? Grâce à elle, on pourra mettre en place notre projet.

Éric hésita avant d'aller plus loin. Je sentis qu'il prit son portable pour le changer d'oreille, avant de se lancer :

— Mais je sais que l'affaire des HLM lui a fait mal... Je me demande si elle pourra tenir six ans. J'ai peur du mandat de trop.

— On m'en a beaucoup parlé sur les marchés, de cette histoire.

— On t'a dit quoi ?

— Que c'était scandaleux, une vraie déception. Beaucoup m'ont dit qu'ils avaient la chance d'être propriétaires dans l'arrondissement et de ne pas avoir de problème d'argent, mais que ça les gênait beaucoup, par principe.

— Tu le gardes pour toi, mais au parti, certains ont souhaité la débrancher quand c'est sorti. Jacques Simonneau a organisé une réunion de crise avec son état-major pour voir ce qu'on pouvait faire. Mais c'était trop tard, on était à deux semaines du premier tour, c'était pas le bon moment.

— Ah bon ?!

Je restai stupéfaite : Jacques Simonneau était le Président de notre parti, tout en haut de l'échelle. J'étais pleinement consciente de la déflagration provoquée par l'article, mais bien loin d'imaginer qu'il aurait pu l'écarter définitivement.

— Oui... Tu sais, Simonneau a été élu à la tête du parti sur une promesse d'intégrité, de changement des pratiques suite à toutes les affaires qu'on a connues... C'était pas le favori, il avait quand même face à lui Revari, mais tout son truc sur l'exemplarité a plu, il l'a martelé pendant toute sa campagne. Il sait désormais qu'il est attendu sur ce point par les journalistes et l'opinion publique. Pour tout t'avouer, je crois qu'il continue d'envisager de l'écarter : t'imagines, ça lui permettrait de s'acheter une virginité pour pas cher, dans un arrondissement qui est vu comme le lieu de pouvoir par excellence. Ça aurait un écho incroyable pour lui, symboliquement. Donc ça pourrait encore bouger, notamment entre l'élection et le conseil municipal qui élira le maire...

— Tu penses que certains pourraient envisager de se présenter face à elle au conseil municipal ?!

J'étais déconcertée. Je pouvais comprendre le pari de Guillaume, du camp d'en face, pour qui Lemaître demeurait malgré tout une adversaire politique, mais je n'avais osé imaginer que l'opposant puisse se cacher parmi ses propres troupes.

— Si tu veux tout savoir, André et Vincent — chacun dans son coin — ont contacté l'état-major du parti. Les deux souhaitaient jouer leur carte pour prendre sa place. J'ai l'impression qu'ils ont simplement réussi à convaincre les chefs que Lemaître ne pouvait plus tenir et qu'il fallait la remplacer, mais ils ne peuvent faire l'affaire, André est trop vieux et Vincent... Bon c'est Vincent, quoi, tu le connais. En réalité, André n'a jamais supporté d'être numéro 2, et Vincent est déçu de figurer à la 10e place.

— Ils osent tout, c'est incroyable, lui faire ça dans son dos... rétorquai-je, sidérée.

— Bon, il faut que je te laisse Adèle, et surtout, garde pour toi ce que je t'ai dit.

— Oui évidemment, tu peux me faire confiance.

Éric raccrocha. Il m'abandonna dans un abîme de pensées, et je restai étendue sur mon canapé un long moment, à regarder le plafond. J'étais perdue face à tous ces prétendants qui aspiraient au trône. Éric semblait le seul pilier immobile, bien à sa place et heureux d'y être, se contentant de ce qu'on lui donnait. Tous les autres, pour des raisons diverses, paraissaient se tortiller sur leurs chaises, des punaises aux fesses, lorgnant sans vergogne la chaise du voisin alors qu'elles se ressemblaient toutes à s'y méprendre.

J'allai m'allonger dans mon lit, embrumée par ces pensées confuses, et comme souvent lorsque je me trouvais seule, je pensais à ce grain dont j'avais abandonné la beauté, qui n'était désormais plus que ça, un misérable grain, mendiant, chétif, une tache indélébile à ma mémoire, rongée par ce qui aurait pu être, ce qui n'avait pas été, ce qui fut, avant de plonger dans le sommeil, de guerre lasse.

Bien sûr, tout n'était pas à jeter : j'étais une amie bienveillante, une fille digne d'amour, une oreille attentive, mais le fossé était creusé entre la perception que je renvoyais et ce que j'étais au plus profond de moi-même, révélé avec fracas dans une nuit sombre en me dirigeant vers chez Jeanne. Nous étions deux seulement à le savoir et il fallait bien, pour continuer à vivre, s'arranger avec cette vérité crue. Construire un monde parodique de la vérité et ne vivre qu'à travers le regard des autres, n'être simplement que cette image que je renvoyais, celle que les autres appréciaient, cette représentation forcément illusoire.

Mais on n'a pas le choix, il faut avancer dans cette vie rebelle à l'oubli, marcher, marcher ou crever, et malgré tout, la mort ne m'apparaissait pas désirable. Je repensais à ce sublime poème de Boris Vian, *Je voudrais pas crever*, et moi aussi, j'avais envie de connaître les chiens noirs du Mexique, d'user sa bouche avec ma bouche, de caresser les roses éternelles, et tant de trucs encore. Je voulais regarder mon visage vieillir, cette déliquescence du corps sur lequel s'inscrit le temps, cette douleur qui tue à petit feu, mais vous octroie le droit d'en être, observateur lent et encombrant du monde. C'est peut-être cela, finalement, ce que j'étais : une putain de spectatrice, comme un vieux à l'hospice qui tirait à sa fin, soi-même en pire, et je l'étais déjà, moi-même en pire. Je me situais dans la force de l'âge et mes fonctions motrices se trouvaient parfaitement opérationnelles, mais j'étais figée, dans l'incapacité de me mouvoir. C'était comme si la vie me faisait passer un contrôle, pour s'assurer que je méritais d'être celle qu'on couvrait de louanges. Pire qu'une vie sans éclat, une vie coupable, prisonnière d'un visage qui vient rappeler régulièrement à votre mémoire le déshonneur. Alors j'avais trouvé un subterfuge, à l'efficacité fluctuante : ne pas s'octroyer le temps d'y penser et s'ensevelir sous une montagne de tâches plus ou moins ingrates, pour oublier cette autre tache, inaltérable, puis dans un second temps, arracher les moyens de mon ambition grâce à l'élection, pour tenter de réparer ce qui pouvait encore l'être. Je sentais bien que la présence de Guillaume m'apaisait, il faisait comme m'enlever à ma propre vie, j'étais terriblement avide de lui, de ses lèvres, de son corps, de son esprit, mais c'était à moi seule de gagner cette bataille intérieure, c'était l'unique moyen.

J'étais esclave de ce grain de beauté, et pour y échapper, je m'étais rendue esclave de cette campagne municipale, m'y jetant de toute mon âme, pour oublier ma condition. D'une servitude l'autre : j'avais choisi mon camp.

Mercredi d'entre deux tours, 18 heures : première réunion publique conjointe entre Lemaître et Guillaume, dans un café à Saint-Augustin. Le choix du site avait donné lieu à d'âpres négociations entre nos équipes respectives. André souhaitait un emplacement central et dans un coin plutôt bourgeois de l'arrondissement, alors que les équipes du PS proposaient l'extrême nord-est de l'arrondissement, aux abords de la place de Clichy, à la frontière avec le 17ᵉ, le 18ᵉ et le 9ᵉ. Chacun défendait la géographie dans laquelle sa liste avait réalisé le meilleur score et nous avions bien du mal à trouver un terrain « neutre ». C'est finalement le *Café du Midi* qui fit consensus, dans un coin où le RN était arrivé en tête. Puisqu'il ne pouvait y avoir de gagnant entre nous, nous retenions un café où nous avions tous perdu.

Un léger vent rôdait autour de ce café bondé où se mêlaient gauchistes révolutionnaires des quartiers chics, réactionnaires traditionnels et une horde de journalistes aux aguets. Le lieu avait été privatisé pour l'occasion et nous avions tous dû mettre la main à la patte pour l'agencer. Dans la salle principale, nous avions retiré la majorité des tables pour gagner de la place et aligné une dizaine de rangées de chaises. Face à celles-ci trônaient deux fauteuils à l'extrémité de la pièce sur une modeste estrade aménagée, et trois chaises supplémentaires de chaque côté. Dès 17 h 30, les curieux se bousculaient pour réserver un siège pour ce spectacle d'un nouveau genre, pacte de paix forcée de deux bêtes blessées, aspirant à vaincre un ennemi commun qu'ils n'avaient su dompter seuls. À 18 heures, le café dégorgea son petit monde jusqu'au trottoir, sur la terrasse, et je surpris même deux militants à l'entrée des toilettes qui me confessaient qu'ils n'avaient pu obtenir de place ailleurs. Chacun avait un avis tranché sur le bien-fondé de cette alliance et les pronostics fusaient. La salle se divisait entre ultrapartisans de cette alliance pour qui il était impensable de ne pas barrer la route au RN, et adversaires convaincus de cette union contre-nature, pour qui cette dernière ouvrait le champ des possibles au RN.

Le vent grandit et la nuit semblait particulièrement agitée. Comme dans un casino à taille humaine, tous semblaient miser sur un cheval et au brouhaha permanent se mêlaient les agents de sécurité dépassés, les verres renversés, et les serveurs désespérés. Finalement, cette réunion publique ressemblait à une tempête dans un verre d'eau. Les éléments de langage de chacun étaient parfaitement rodés et Guillaume et Lemaître jouèrent une partition à quatre mains sans la moindre fausse note. Malgré les pièges des journalistes et les questions délicates de l'assistance, ils surent trouver les mots justes pour ici élever le débat, là botter en touche. Les deux s'écoutaient et se couvraient mutuellement d'amabilités surjouées. Ils furent aidés par la présence en nombre de fervents supporters, qui percevaient dans ce choix d'alliance pour faire barrage au RN la justification de la hauteur morale de leurs champions respectifs, et un combat, enfin, qui méritait véritablement une mobilisation massive. Face à ce qu'ils considéraient comme l'ennemi de la démocratie, ils retrouvaient là le souffle d'une lutte politique d'un autre temps, et s'y lançaient avec sens de l'honneur et panache.

Au bout de deux heures trente de discours et de questions-réponses, Lemaître et Guillaume remercièrent chaleureusement les participants, les enjoignant à « se mobiliser massivement pour faire gagner notre liste ! », leur donnant rendez-vous trois jours plus tard sur le marché, place de l'Europe.

Le conclave commençait à se disperser et nous n'étions plus qu'une dizaine autour de Lemaître et Guillaume. C'était la première fois que je les apercevais ensemble, réunis dans une même pièce, après avoir usé de tant de stratagèmes pour éviter que Lemaître ne me voie en compagnie de celui qu'elle présentait auparavant comme « le petit jeune de gauche ». Étonnamment, ils paraissaient s'entendre aussi bien en privé qu'en public. Je me dirigeai alors vers eux pour les féliciter, en débutant par Lemaître. Dans l'obscurité croissante de la nuit, le ciel, d'un bleu de velours ourlé d'une lune envoûtante, semblait s'ouvrir aux confidences.

Guillaume reprit alors son air farouche. Il ne voulait pas se laisser apprivoiser entièrement, ses habits d'opposant n'étaient jamais bien loin et il voyait déjà en Lemaître la tête de liste défaite par son propre conseil municipal. J'observai, immobile, ce faux jeu de dupes, où chacun croyait avoir piégé l'autre. Je les saluai poliment avant de m'éclipser : malgré cette tension sous-jacente, l'air épais s'apparentait à de la fumée blanche.

L'union enfanta des rencontres et amitiés improbables. André et Alix, par exemple, que tout semblait opposer, prirent un plaisir non dissimulé à se retrouver et à organiser, ensemble, la campagne du second tour. Lui, le vieux routier de droite qui en était à sa cinquième campagne, elle, la jeune ambitieuse trentenaire qui se faisait les dents.

Rien ne se passa comme André l'attendait. Il imaginait, de l'autre côté du spectre politique, une bande de jeunots inexpérimentés, idéologues utopistes déconnectés du réel, obnubilés par les pistes cyclables et les réunions en non-mixité. Il trouva en Alix une organisatrice hors pair, pragmatique et efficace. Guillaume avait facilité l'affaire en déposant les armes concernant le projet politique que nous allions appliquer, ce qui laissait à André et Alix le loisir de se concentrer sur les missions opérationnelles. Ils se réunissaient tous les soirs de cet entre-deux-tours, souvent accompagnés de leurs candidats, mais aussi parfois tous les deux, pour discuter répartition des tâches et préparer l'avenir. Les sujets ne manquaient pas en cette période charnière. En réalité, ils apprenaient à se connaître et à s'apprivoiser.

André jouait sans doute un double jeu, lui qui aspirait secrètement à être élu maire à la place de Lemaître. Conscient de l'influence d'Alix sur ses colistiers de gauche, il tentait de lui prouver sournoisement qu'il avait l'étoffe d'un dirigeant. Dans sa volonté de faire capituler Lemaître, il savait que les voix de la gauche pèseraient le jour du premier conseil municipal. Il préparait en effet l'avenir, mais le sien, cet instant, cruel, au cours duquel sa trahison éclaterait, frappant avec fracas et orgueil un grand coup. C'est qu'il n'avait plus grand-chose à perdre : sa carrière se trouvait derrière lui et il avait occupé de nombreux postes à responsabilités d'abord dans le secteur privé, puis en politique depuis une vingtaine d'années. Il aurait pu se retirer à ce moment-là qu'on lui aurait malgré tout entonné la petite musique des honneurs. Il aurait lâché pied la tête haute, récompensé d'un repos mérité dans les Cévennes pour la poignée d'années qu'il lui restait et fier d'un engagement deux fois décennal au service de ses concitoyens. Mais il avait décidé de rempiler pour un mandat supplémentaire et, face aux polémiques qui avaient émaillé la campagne de Lemaître, il devait se dire qu'il avait sans doute une ultime carte à jouer. Il ne risquait finalement rien, sinon le déshonneur. Mais qu'est-ce donc que le déshonneur loin de Paris au beau milieu des champs et des vergers ? Oui, assurément, André devait se dire qu'il n'avait plus grand-chose à perdre.

Ce qu'il ignorait, c'est qu'Alix jouait elle aussi, un double jeu au profit de Guillaume et cherchait indirectement à sonder André. Guillaume n'avait besoin que de trois voix supplémentaires pour obtenir la majorité au conseil municipal et être élu maire. Il semblait compter sur la mienne, ce qui limitait à deux le nombre d'élus de droite à convaincre. Je voyais les regards charmeurs d'Alix à André, étonné d'une telle connivence intellectuelle, mais aussi presque physique avec la jeune brune au corps frêle, persuadé que son pouvoir opérait. Il n'avait jamais été tête de liste et avait perdu l'habitude de séduire en son nom propre. Lorsqu'il ne parvenait pas à convaincre quelqu'un, il devait estimer au fond de lui que c'était à cause du candidat qu'il représentait. Pour la première fois, clandestinement, il séduisait pour son compte et cela avait l'air de fonctionner. Alix, quant à elle, voyait en André un allié inattendu : le plus proche collaborateur de Lemaître serait-il prêt à voter pour Guillaume ? Elle semblait se persuader que l'option n'était plus à exclure, tant André, astucieusement, confessait à demi-mot le discrédit de Lemaître auprès des habitants.

Le vendredi soir, à quelques heures de la fin officielle de campagne, nous nous retrouvions tous dans un restaurant de l'arrondissement. Contrairement au pot organisé juste avant le premier tour, l'ambiance était ce soir-là austère, sans plaisir, froide. Lemaître, la première, posait un regard grave et portait sur ses épaules le poids de sa décision. Comme une famille qu'elle n'avait pas choisie, elle était désormais entourée de colistiers de gauche, adversaires historiques qui n'avaient pas manqué de l'égratigner durant la campagne du premier tour et qui la gratifiaient de sourires factices. Elle ingurgita en silence sa cuisse de canard confite, puis une fois terminée, se lança sur la purée maison. Tout autour de nous, des types braillaient, chantaient, ou se fâchaient. C'était un vendredi soir aux effluves printaniers festifs, aromatisés à l'alcool, dans lequel tous se plongeaient joyeusement, bien loin des élections à venir qui ne semblaient pas les concerner. Nous étions comme assommés, au bord du rivage face à la mer déchaînée. Par le hasard des choses, j'étais assise à côté de Guillaume. Je naviguais en terrain miné, front serré, à la merci de la moindre erreur fatale qui dévoilerait notre complicité occultée. Je brûlais de ne l'avoir que pour moi, de me retrouver à nouveau seule avec lui dans un restaurant, mais je me trouvais là, entourée de vrais adversaires et de faux amis, satisfaite malgré tout de dîner à la table des rescapés.

Je profitai de ce moment sans fausse pudeur, curieuse d'en savoir davantage sur mes futurs collègues, emportée par la contagion des tables environnantes dans une ambiance joyeuse, enivrée par les quelques verres de vin que j'avais avalés. Je semblais être la seule à la table qui n'avait rien à jouer ce soir-là : pas grand-chose à perdre — la liste était déjà bouclée — et si peu à gagner, je n'ambitionnais rien d'autre que d'être élue. Petit à petit, je gagnai en confiance et plaisantai sur cette campagne interminable au rythme des polémiques, annonces heureuses et résultats accablants. Sans complexe, je monopolisais l'attention et riais à gorge déployée. Tous, et Lemaître particulièrement, me laissaient faire, moi la novice au milieu de ces émérites politiques. Comme une bande d'adultes gênés à l'idée de n'avoir rien à se dire, questionnant démesurément un enfant utilisé pour occuper l'espace et le temps, tous les colistiers débordaient de bonnes raisons de se taire, par peur de commettre une faute, par méfiance vis-à-vis de leurs anciens adversaires, ou tout simplement par fatigue. Tous souhaitaient la même chose à court terme, la victoire face au RN, mais chacun préparait déjà, en cachette, son plan pour l'après. Néanmoins, mon audace et ma légèreté du soir réussirent à influencer petit à petit les autres convives, qui se libérèrent au fil de la soirée. Nous finîmes par trinquer chaleureusement « à la victoire ! », cette victoire capitale qui ne dépendait plus de nous, qui partagions désormais une destinée de fortune placée entre les mains des habitants de l'arrondissement. En partant, alors que chacun se saluait, Guillaume me souffla à l'oreille, le regard pétillant : « tu étais grandiose ce soir ! On se retrouve après, chez moi ou chez toi ? » Je souris mièvrement et l'embrassai sur la joue, à quelques millimètres de ses lèvres, avant de lui murmurer : « je t'attends chez moi. »

58,77 %.

Ce fut une victoire nette, claire, réconfortante. Le coup de sifflet final d'une campagne éreintante débutée plus de trois ans auparavant, par un après-midi d'été au hasard duquel j'avais poussé la porte de l'antenne locale du parti avec curiosité. Mon soulagement fut tel que je pris Éric dans les bras, le remerciai et lui confiai que grâce à lui, j'avais sans doute trouvé ma voie. « On l'a fait, on l'a fait », me répétait-il, encore porté par ce score, les bras en croix et les yeux gonflés. « Ce n'est que le début, il faudra qu'on se voie rapidement », ajouta-t-il mystérieusement. L'œil fuyant les caméras, il affichait un sourire solaire dans cette salle des fêtes de la mairie où se déroulait notre soirée électorale. Le péril était réel, à portée de mains, et nous avions réussi à le terrasser.

J'avais formulé, trois ans plus tôt, ce songe insensé de m'engager en politique et j'étais désormais élue, dans cet arrondissement où j'avais grandi et vécu. Ce combat des idées auquel j'avais pris part, qui ferait assurément date :

c'était la première fois que le RN arrivait en tête dans un arrondissement parisien, et j'y étais, aux premières loges et même davantage encore, sur le champ de bataille, soldat zélé d'une illustre guerrière, qui rêvait d'être maire dans le temps et qui mena pour l'éternité cette bataille à deux têtes, la sienne et celle de Guillaume, contre ce qu'elle percevait comme une menace pour notre démocratie et notre pays. Elle avait consenti à y jeter toutes ses forces et le payait chèrement, les concurrents ne se privant pas de s'imaginer un destin à la Brutus. André, Vincent et Guillaume, les trois référents traîtres qui lui tombaient dans les bras les poings serrés, comme masquant ce couteau qu'ils comptaient lui planter : cette victoire, si sucrée à la mise en bouche, aurait pour elle un goût ultime de défaite, devaient-ils se dire en l'enlaçant.

Lemaître n'était ce soir-là que lumière. Elle l'attirait, la pompait et la dispersait de mille feux, comme un mur d'eau qui réfléchirait le soleil en un prisme infini de couleurs arc-en-ciel. Elle évoqua face aux caméras sa fierté d'avoir barré la route du RN, remercia chaleureusement les habitants pour leur confiance et ne manqua pas de souligner le rôle capital de la gauche et de Guillaume, sans qui rien n'eût été possible. Déjà lancée dans la bataille suivante, elle conclut son propos par un vigoureux « désormais, au travail ! » pour prouver qu'elle ne comptait pas se reposer à l'ombre de ses lauriers. Vêtue d'une délicate robe rouge qui laissait ses bras frêles déshabillés et dessinait ses courbes si savamment entretenues, elle était resplendissante : la victoire lui allait si bien. Elle était sollicitée de toutes parts et je dus attendre un long moment avant de pouvoir lui adresser un mot. Elle posa sur moi un regard tendre, presque maternel, sans que je sache si elle cherchait à m'infantiliser ou à me témoigner son amitié. Finalement, je n'eus que quelques secondes pour la remercier et la congratuler, avant qu'elle ne soit happée par la foule une nouvelle fois.

Étonnamment, la majorité de mes colistiers vinrent me féliciter et me demandèrent mon analyse du score et de l'élection. Sans en prendre véritablement conscience, à force de travail, j'avais réussi à m'imposer parmi ceux qui comptent dans ce cénacle restreint des politiques en devenir, et ma cordialité naturelle semblait avoir fait le reste. Plusieurs colistiers de gauche me déclarèrent qu'ils étaient persuadés que nous allions « bien travailler ensemble » et certains de droite me confièrent que j'avais « un grand avenir en politique ». Je me doutais que Guillaume n'avait pas dû tarir d'éloges sur ma personne, ce qui m'offrait la sympathie de tous mes anciens concurrents, et le dîner de vendredi soir avait dû confirmer les a priori positifs qu'on leur avait soufflés. La flatterie, mêlée à l'exultation du triomphe, me porta au-dessus du sol. Je ne touchais plus terre, tenue comme l'air, état de grâce, liesse partagée envahissant l'espace qui débordait de partout, enivrée par la fierté d'avoir fait ce qui me semblait juste. C'était le bon temps de la victoire, lorsque les paroles dépassent les pensées et que rien d'autre ne semble avoir d'importance. Le temps où les barrières sociales tombent, les marques d'affection se multiplient, les cris de joie fusent. Alors que je me retrouvai seule un moment au fond de la salle, Guillaume surgit de nulle part et me prit, l'espace d'un instant, dans ses bras. La salle était immense et chacun bien occupé à célébrer le moment, mais j'eus un bref sursaut. En public, nous avions pour règle d'or de ne jamais dévoiler notre complicité. Guillaume, dans un large sourire qui se confondait avec ses traits, me lança :

— Ça va, ne t'inquiète pas ! Personne ne nous regarde, là !

Dans un mélange de stupéfaction, de colère froide et d'embarras, j'éructai :

— Tu es fou ! Pas ici, à la mairie ! Tout le monde peut nous voir !

— Et même s'ils nous voient ? Je vais te dire : je m'en fous. Je suis bien avec toi, et je n'ai plus envie de me cacher.

— On en rediscutera, ce n'est pas du tout le moment, Guillaume...

Cette pensée d'un amour à ciel ouvert me fit rougir. Je m'habillai d'un sourire instinctif pour changer de sujet :

— En tout cas, toutes mes félicitations pour cette victoire ! Personne ne sait ce qu'il se serait passé si nous n'avions pas présenté une liste d'union, mais elle a fonctionné, et l'essentiel est sauvé.

— Félicitations à toi aussi, c'est notre victoire à tous. Je me souviens la première fois que l'on s'est vus, dans le métro, tu avais les tracts de Lemaître et je t'ai dit « on ne va pas s'entendre ! » On s'entend plutôt bien finalement, non ?

Je voulais fixer dans ma mémoire son regard qui dansait et ne le quittais pas des yeux. C'était un instant suspendu, après la bataille remportée et avant la suivante, certainement encore plus complexe, de la désignation du maire. Je sentis des larmes de bonheur monter en moi, que je parvins difficilement à contenir, le souffle coupé. Je souhaitais arrêter le temps pour profiter absolument de cet instant dans lequel j'étais moi-même, heureuse, habitée par un sentiment de plénitude. Un équilibre fragile de bien-être m'entourait, et je tentai de rationaliser la situation, comme pour la figer déjà dans l'histoire de ma vie : sans doute jamais ne revivrai-je un tel moment, où mes destins professionnel et personnel se confondaient, tous deux triomphant au sommet de l'extase. Je n'avais encore rien fait mais j'avais alors le sentiment du devoir accompli et la ferme intention de sauver désormais un maximum de semblables.

Après cette célébration officielle, nous nous rendîmes dans un bar du coin pour prolonger notre bon plaisir. Le temps défilait à toute allure, il était déjà deux heures du matin, mais il n'avait aucune prise sur nous, nous nous sentions comme libérés de son fardeau, détachés de ce monde, créatures célestes portées au ciel par les habitants qui repoussaient autant que possible la redescente. La chaleur pénétrait jusque dans nos cœurs. Ce soir-là ne ressemblait à aucun autre, nous savions notre plaisir éphémère et étions résolus à l'exploiter jusqu'à la dernière goutte. Le reste de la nuit ne se déroula que dans une excessive explosion des sens : couleurs électriques, odeur des corps délabrés, goût de l'ivresse, ouïe dopée, toucher effréné.

Guillaume croyait obstinément en sa bonne étoile. Il demeurait convaincu de pouvoir créer la surprise au premier conseil municipal qui élirait le nouveau maire de l'arrondissement. Fort de quatre élus, il misait sur le discrédit qui frappait Lemaître pour tenter de faire basculer en sa faveur certains élus de droite, trois précisément. Mais le pari était particulièrement risqué et en cas de défaite, il passerait éternellement auprès de Lemaître comme l'enfant gâté coupable de la plus haute trahison.

Les rapports de force dans notre arrondissement se dessinaient clairement : onze élus dans la majorité — sept LR et quatre PS — et deux élus pour le RN. L'élection municipale avait ceci de cruel qu'elle allouait aux gagnants une « prime majoritaire » : bien que proportionnelle, cette élection offrait en réalité à la liste victorieuse la quasi-totalité des postes. C'est pourquoi le RN, auréolé d'un honorable score de 41,23 %, ne bénéficiait finalement que de deux misérables sièges.

Je retrouvai Guillaume deux jours après ce deuxième tour, en fin d'après-midi, chez moi. Nous prenions alors conscience du poids des responsabilités qui nous incombaient. Nous espérions nous en montrer dignes, tout en masquant maladroitement nos doutes intérieurs. Nous n'avions que vingt-cinq et vingt-sept ans, sans autre expérience politique que cette campagne, et notre détermination comme seul bagage. Nous étions exténués, mais pas encore au bout de nos peines.

Guillaume fourbissait alors ses armes, pendant que je le décourageais de se présenter : « sincèrement, c'est trop risqué, tu n'as quasiment aucune chance, tu n'arriveras pas à convaincre d'autres élus de droite… » Je voyais bien qu'il ne m'écoutait qu'à moitié, sûr de ses forces. Qui veut la paix prépare la guerre, devait-il songer. Il se contenta de me répondre qu'il comprenait mes inquiétudes, mais ne les partageait pas. Tout à la fois maître et serviteur du monde, il fournissait sans cesse à sa bonne conscience une excuse qu'il estimait imparable pour se rassurer : Lemaître s'avérait corrompue et avait mis en place un système frauduleux au profit de ses amis dans l'attribution des logements sociaux. Il prenait un malin plaisir à ourdir son plan, mû par l'ambition, mais sans doute aussi convaincu au fond de lui-même qu'il ferait mieux que Lemaître, qu'il assainirait les pratiques politiques et développerait une politique sociale plus importante. Les bas instincts et les nobles motifs s'entremêlaient pour le pousser à tenter l'impossible.

À ce moment-là, j'entendis mon portable sonner dans la chambre. J'abandonnai Guillaume sur le canapé du salon pour décrocher : c'était Éric.

— Adèle, tu vas bien ? Tu es dispo pour qu'on se voie ? Il faut que je te parle.

Prise de court, sans avoir le temps de réfléchir, en étau entre mon mégalomane amoureux au cœur tendre et mon mentor politique au ton mystérieux, je me sentis obligée d'accepter sa proposition.

— Oui, tu veux qu'on se retrouve où ?

— Tu as dîné ?

— Pas encore et toi ?

— Non plus, on peut se retrouver au *Compostelle*, rue de la Baume ? Tu peux y être dans combien de temps ?

— Très bien. Dans vingt minutes ?

— Parfait, à tout à l'heure.

Je retournai dans le salon et vis Guillaume, assis en tailleur, tapotant silencieusement sur son portable. Il leva alors soudainement la tête et me confia avoir entendu la conversation.

— Je peux t'attendre ici ? Tu en as pour combien de temps ? m'interrogea-t-il.

— Oui, bien sûr, je ne sais pas vraiment si ça sera long, mais tu as de quoi dîner dans le frigo, je reviens dès que possible.

Je l'embrassai, pris mes clés et me retournai une dernière fois dans ce demi-silence, contemplant son ombre qui s'élevait jusqu'au plafond obscur.

À mon arrivée, Éric se trouvait déjà attablé à l'entrée du restaurant. Les nuits brunes avaient expédié au loin les festivités du premier tour : il semblait préoccupé. Il parlait vite, beaucoup, d'un ton sérieux. Alors que je l'écoutais religieusement, je me souvins brusquement du moment où il m'annonça que Lemaître souhaitait me rencontrer pour la première fois. Je déjeunais chez mes grands-parents et un nouveau monde s'ouvrit ainsi à moi. Il m'avait accompagnée tout au long de ce parcours initiatique, et je me dis alors qu'il ferait toujours partie de ma vie, du moins avais-je envie de le croire à ce moment-là.

— Bon, il faut qu'on parle de quelque chose… Je t'avais dit que Simonneau et l'état-major du parti regrettaient en quelque sorte de ne pas avoir débranché Lemaître.

— Oui, et surtout que André et Vincent voulaient prendre sa place, je n'en reviens toujours pas !

— Exactement. Si tous deux se présentent face à Lemaître, on est certains de créer une crise politique sans précédent, avec un vrai risque que la ville passe aux mains du PS ou du RN si nos voix sont divisées. André et Vincent, en instillant dans la tête de tous que Lemaître était décrédibilisée, ont réussi leur coup. Mais ils se sont en quelque sorte neutralisés, et aucun d'eux ne recueille l'unanimité. Ils sont simplement parvenus à ouvrir une brèche.

Le serveur l'interrompit en apportant nos assiettes. Je vis le visage concentré d'Éric, sa bouche pincée, et les yeux lorgnant langoureusement son plat fumant.

— Je ne vais pas y aller par quatre chemins, je pense que tu as une carte à jouer.

Je m'arrêtai net de manger et reposai ma fourchette, les sourcils au ciel. Une brume opaque envahit alors mon esprit, me plongeant dans un tumultueux état de confusion chaotique : avais-je bien compris ce qu'il suggérait ?

— Tu veux dire… me présenter face à Lemaître pour être maire de l'arrondissement ? Tu plaisantes ?

D'un ton docte, il continua :

— Je suis sérieux et je crois sincèrement que tu peux gagner, sinon je ne t'en parlerais pas. Toute l'équipe t'apprécie et t'estime, même la gauche. Tu as fait tes preuves pendant cette campagne, et nous sommes une équipe, tu ne seras pas seule. Tu es aussi une femme, jeune, et ça compte, il faut le reconnaître.

— Mais je ne peux pas trahir Lemaître, tu imagines ?

— La politique est un milieu cruel, et l'affaire des HLM, entre autres, ça ne pardonne pas. Et je préfère largement que ça soit toi qui y ailles plutôt que André, Vincent, ou pire, le RN ou le PS ! Tu sais que je l'apprécie beaucoup, ce n'est pas personnel, mais peu croient encore en elle aujourd'hui. Elle n'a rien fait d'illégal, mais tu l'as vu sur les marchés, ça gueule et ça gueule fort. Les habitants ont voté pour elle parce qu'elle reste une valeur refuge face au RN, ils n'avaient pas vraiment le choix de toute façon, mais on doit préparer l'avenir et ça commence maintenant.

Les questions se bousculaient dans ma tête, sans toutefois que je n'ose véritablement envisager pleinement l'option qui m'était offerte.

— Et toi, pourquoi tu n'y vas pas ? Tu es le mieux placé pour ça !

— Je suis très bien où je suis, sincèrement... Je sais que personne ne me croit quand je dis ça, mais je n'ai pas envie d'être maire, c'est un boulot pas possible, dans la lumière en permanence... Je me connais, à mon grand âge, ce n'est pas pour moi.

Il souriait de bonne foi, et profita de ces quelques instants de silence pour accélérer la cadence de ses coups de fourchette. J'ouvris la bouche, mais me tus finalement.

— Lemaître est légitime, elle a gagné l'élection comme tête de liste, mais Simonneau ne croit plus en elle et souhaite donner l'image d'un parti exemplaire, surtout à Paris. Quand l'affaire des HLM est sortie, il était trop tard pour la débrancher, donc il a voulu attendre un peu, il ne se doutait pas que le RN arriverait en tête de toute façon. Si ce n'est pas toi, ça sera un autre et ça sera pire. Dans tous les cas, ça ne sera pas Lemaître... Il se tut quelques secondes, avant de me demander : tu en penses quoi, alors ?

J'étais perdue, profondément tiraillée. Je faisais pleinement confiance à Éric, mais l'idée de destituer Lemaître leva sur mon visage un vent de panique que je tentai de contenir.

D'un air indécis, sentant une bouffée de chaleur monter en moi, dans les méandres infinis des pensées qui m'habitaient, je rétorquai :

— Je dois y réfléchir, je ne peux pas te donner une réponse définitive maintenant. C'est sûr que si c'est pour envoyer André à la place...

— Tu n'as pas à hésiter, il faut que t'y ailles ! En politique, le train passe rarement deux fois. Si tu es partante, on va sonder les élus au plus vite, et voir sur qui on peut compter.

Éric me déroula alors ses savants calculs et ses premières estimations. Les chances de succès, quoiqu'incertaines, semblaient réelles. Petit à petit, cette perspective se forma de plus en plus nettement dans mon esprit et me souleva d'une passion inattendue : et pourquoi pas moi ? Ni Guillaume, ni André, ni Vincent, non, moi, la novice, à qui on offrait cette opportunité accidentelle. Nous sortîmes du restaurant peu après, l'impression de ne plus savoir où j'habitais. Je levai alors les yeux au ciel pour découvrir, fondue dans les teintes profondes du crépuscule, une pluie d'étoiles qui scintillaient, comme disséminés par les doigts du destin, et je me dis alors que la mienne, bonne étoile au milieu de celles-ci, devait ce soir-là luire de mille feux.

C'était assurément une occasion exceptionnelle, de celles qui ne s'offraient à vous qu'une fois dans votre vie. Je repensais aux arguments de Guillaume pour motiver sa candidature : le constat paraissait limpide et partagé par tous. Seule la conclusion qu'il en tirait — sa propre candidature — se révélait erronée. Ces arguments, repris en cœur par Éric, prouvaient qu'il fallait trouver une alternative à Lemaître. En arrivant chez moi, j'hésitais toujours et je fus prise de coliques douloureuses, qui se renforcèrent étrangement à la vue de Guillaume. Il n'avait pas bougé et siégeait encore sur mon canapé. Je m'enfermai aux toilettes, déchirée par ces douleurs abdominales intenses et demandai à Guillaume de me laisser seule pour la soirée. J'étais désormais délaissée de toute présence humaine et pouvais m'accorder le temps nécessaire de la réflexion.

Une force intérieure, que je tentai d'étouffer, me poussait à accepter immédiatement, sans réfléchir. C'était une impulsion féroce, nourrie par la volonté de gagner des leviers d'action encore plus importants comme maire plutôt que simple élue, je repensai à ce grain de beauté qui me poussait à réaliser une insurrection. C'était un torrent qui cherchait à m'emporter tout entière et tout sacrifier à l'instant présent, coup d'État d'âme, sans envisager les conséquences à long terme en cas de défaite. C'était, enfin, la part la plus optimiste de mon caractère qui s'exprimait alors, convaincue qu'il ne servait à rien d'envisager le pire, les risques, les lendemains de lamentation, les trahisons, quand le meilleur s'offrait à moi. Je tâchai de la faire taire, de peser rationnellement les avantages et inconvénients de chaque solution, sans y parvenir pleinement. Moins de trente minutes plus tard, ma décision était prise : je ne pouvais laisser passer une telle occasion.

À force de côtoyer Guillaume et de l'entendre critiquer Lemaître, j'avais sans doute, contre mon gré, été convaincue de la nécessité du renouvellement à la tête de la mairie et du manque de crédit dont elle souffrait après l'affaire des HLM. Je téléphonai à Éric dans la foulée pour lui annoncer mon intention, prise de démangeaisons soudaines dans les doigts, impatiente d'en découdre. On m'avait comme chauffée à bloc, et j'étais désormais surexcitée à l'idée de monter sur le ring, pas tant pour vaincre Lemaître, finalement, que par goût des trophées, pour humer le parfum enivrant de la gloire et assouvir mon ambition d'être utile. Il ne pensait pas que je l'appellerais aussi tôt et me félicita pour cette « décision courageuse ».

Une tâche titanesque nous attendait alors, à laquelle nous nous attaquions sans plus tarder. En l'espace de quatre jours, le conseil municipal se tenant le samedi suivant, nous devions tuer dans l'œuf les ambitions de Vincent et André, et convaincre le plus grand nombre d'élus de voter pour moi sans toutefois que la nouvelle ne s'ébruite jusqu'aux oreilles de Lemaître. Vu comme ça, les chances de succès me semblaient infimes.

Lancé dans une effrénée course contre la montre, Éric sollicita dans un premier temps Vincent, qu'il réussit à persuader, après plus de deux heures de discussions, que sa candidature ne pouvait aboutir. La difficulté de l'exercice résidait dans le fait de reconnaître la situation intenable dans laquelle se trouvait Lemaître, sans admettre malgré tout que Vincent fût la bonne personne pour la remplacer. Éric laissa donc planer le doute quant à la possibilité de faire émerger une autre candidature, mais réussit à ne rien révéler de l'identité de l'heureuse élue.

Il s'attaqua ensuite à André, avec une stratégie différente : défendre corps et âme la candidature de Lemaître en soulignant le manque de soutien dont son bras droit pâtissait et ses chances de succès proches du néant. Tous reconnaissaient en André un homme expérimenté, au sens politique aiguisé, mais il s'était, depuis les prémices de son engagement, délesté de toute contrainte de flagornerie, tartufferie ou autres comportements mielleux et parfaitement hypocrites destinés uniquement à charmer son auditoire, que d'aucuns considèrent comme essentiels en politique. C'était un homme franc et libre, brillant, drôle, profondément généreux avec ceux qu'il estimait mais qui n'accomplissait que ce que bon lui semblait, sans véritablement se soucier de ce qu'en penseraient les autres. À l'heure où il avait plus que jamais besoin d'eux pour arriver à ses fins, il se trouvait isolé, détesté par certains, ignoré par d'autres. À quatre jours de l'élection, il avait probablement déjà dû recueillir quelques refus polis, ce qui plaçait Éric en position de force face à un André désenchanté. Toutefois, sans doute par orgueil, André ne s'engagea pas formellement à retirer sa potentielle candidature et souhaita laisser planer le doute jusqu'au bout. Nous étions donc suspendus à sa décision.

Le plus dur commença alors : convaincre les autres colistiers de voter pour moi. Je donnai rendez-vous chez Éric à Sylvie, la numéro 3 de la liste, ancienne judoka de haut niveau reconvertie en politique depuis six ans qui paraissait s'épanouir dans sa nouvelle vie. Je la connaissais peu et je n'avais partagé avant ce jour, avec elle, que quelques brefs échanges distants. Dès qu'elle arriva, Éric lui offrit un verre d'eau qu'elle prit sans même le regarder et but d'une traite, d'un air froid et dédaigneux. Le corps soudain parcouru par une fébrilité importune, je me lançai dans une longue introduction sur notre avenir en partage et fatalement, sur le discrédit dont souffrait Lemaître. Elle demeura visiblement perplexe, mais sans doute plus par masochisme que par politesse, elle me laissa aller jusqu'au bout de mon raisonnement. Je pataugeai péniblement malgré toute l'assurance que je tentai d'imprimer dans mon propos. Je sentais que je ne parvenais pas à la convaincre et les gargouillements qui s'échappaient de mon ventre se faisaient de plus en plus entendre. Elle regardait ostensiblement sa montre et lorsque je finis ma démonstration, elle me répondit d'un air fermé qu'elle était très satisfaite de Lemaître, avant d'ajouter en riant : « tu ne crois quand même pas que tu vas être élue maire, à ton âge ! » Elle repartit amusée, sans se départir de son ricanement qui résonna dans le silence de l'immeuble désert. Éric, porté par son habituelle bonté, me rassura et m'indiqua qu'il l'appellerait plus tard, ne serait-ce que pour lui demander de tenir secret cet entretien.

L'heure n'était plus à l'optimisme et à l'ombre de mon ambition se cachait ma mort politique. D'autant que hormis les élus PS ou RN, il ne restait plus que Martine à qui nous n'avions parlé. Le regard plongé dans le vide, je me questionnai sur la décision que j'avais prise de me présenter face à Lemaître. Fondue dans le doute, je m'interrogeai à voix haute auprès d'Éric, qui essaya de sourire. Nous faisions du sur-place, tâtonnant maladroitement avec des élus visiblement ravis de nous porter l'estocade finale, jetés dans un combat qui semblait perdu d'avance. À nouveau, Éric me rassura, me parlant à quelques centimètres de mon visage comme pour signifier sa complicité d'esprit à travers sa proximité physique et m'insuffler sa force. Il partagea alors avec moi la nouvelle stratégie qu'il imaginait, oubliant malicieusement de me préciser qu'il s'agissait en réalité de la seule qu'il nous restait : ne consulter personne et miser sur les voix des élus du RN le jour J, eux qui en avaient particulièrement après Lemaître et qui souhaitaient à tout prix s'en débarrasser, quitte à la remplacer par une jeune inconnue qu'ils pourraient croire manipulable. La voix de Vincent, toujours empli d'un ressentiment tenace envers Lemaître, n'était pas non plus à exclure, m'affirma Éric.

Je le quittai quelques instants après, traînant d'un pas tourmenté dans les rues encombrées de cet arrondissement que j'aspirai à diriger, jetant sur lui un regard neuf, celui d'un acquéreur de biens visitant un appartement convoité. Il était désormais trop tard pour renoncer et les derniers rayons de soleil s'évaporaient dans un ténébreux brouillard. Il ne me restait plus qu'à attendre, dans ma monarchie solitaire, avant le lancement officiel des hostilités où je jouerai ma peau face à Lemaître, celle qui était pour moi mon mentor en politique, et Guillaume, dont j'étais éperdument amoureuse. De ce cruel combat, un seul survivrait.

« Rassure-moi, tu n'es pas sérieuse ? » C'est en ces termes que Guillaume réagit, l'œil hagard, couvert d'une teinte livide, quand je lui appris la nouvelle de ma candidature au poste de maire, la veille du conseil municipal. Nous nous trouvions alors chez moi, et mon premier réflexe consistait à le serrer dans mes bras, comme pour lui dire pardon, ne m'en veux pas, ce n'est pas contre toi, s'il te plait, il faut que me comprennes, je t'expliquerai tout après, mais je dois gagner cette bataille pour ne pas sombrer, pour me racheter, pour faire la paix avec moi-même, je t'assure, je t'expliquerai tout, crois-moi, je t'en supplie... Mais je me retins et fis celle que rien ne saurait atteindre, désormais faussement indomptable, me contentant de lui répondre : « si, je suis sérieuse Guillaume. » Je n'entendais que le halètement de sa colère contenue, consciente que pouvait se jouer à ce moment-là quelque chose d'irrémédiable. J'avais pris ma décision, il fallait bien avancer, et je croyais me donner un surplus de courage par ce détachement manifeste alors que je l'aimais éperdument. Je le regardai d'un air rationnel, celui d'un professeur après une démonstration implacable, pendant qu'il posait sur moi un œil méfiant et ombrageux que je ne lui connaissais pas. Il sentait bien que derrière cette décision se cachait tout un rééquilibrage de notre relation, si tant est qu'elle perdurât. Il m'avait permis de me délier de son être, comme si j'avais, à travers la fusion de nos corps, fait miens son appétit et sa personnalité avant de les recracher. Il avait manifestement du mal à s'accommoder à l'idée de me voir lui ravir le siège qu'il convoitait, chamboulement de l'ordre relationnel qu'il s'était lui-même fixé, me sommant sans me l'avouer de rester à ma place. C'était oublier l'éducation que j'avais reçue et les expériences auxquelles la vie m'avait exposée, qui m'avaient appris à m'affranchir des carcans dans lesquels on souhaite nous enfermer. Dans un bégaiement de l'histoire, après celle de mes parents était venu le temps de ma propre émancipation d'un ordre établi, celui qui interdit à une jeune femme de se présenter face à son mentor de deux fois son âge, en même temps que face à son amoureux. Brouiller les frontières, casser les codes, croire en sa destinée : tels étaient les instruments de mon épanouissement.

En ramassant ses affaires, Guillaume lâcha avec orgueil et insolence : « je ne comprends pas comment tu peux me faire ça. Je sais pas si je peux rester avec toi après ça Adèle… Jamais je n'aurais imaginé que tu me ferais un coup pareil ! » Il se dirigea vers la porte, le parquet grinçant sous ses pas accablés, se sentant abandonné alors que c'était lui qui partait. Je ne savais pas vraiment ce que je devais faire, rester là, immobile, ou lui courir après, et sans doute par facilité, je ne pris pas la peine de me lever. Il était libre de plier bagage, je l'étais tout autant de ne pas le rattraper, honneur oblige. Pour la première fois, je ne me vis plus seulement comme l'élue à ses côtés, la potentielle « femme de », mais comme l'actrice principale de cette relation, destinée à influer sur le sort des habitants de l'arrondissement.

Le sommeil me fuyait à quelques heures du jour le plus déterminant du reste de ma vie, et je tournai en rond entre les murs trop épais de mon appartement étriqué, tourmentée à l'idée qu'à partir du lendemain, plus rien ne serait comme avant. La victoire ou la défaite, le grand saut dans l'inconnu, et la certitude que débuterait alors un nouveau chapitre de mon existence : maire de l'arrondissement ou scélérate en chef promise au bagne pour avoir osé affronter la maire légitime et souverainement élue. À pile ou face, deux directions diamétralement opposées, deux extrêmes, deux destinées contraires m'attendaient, et une poignée d'élus décideraient de mon sort, me proclamant reine ou esclave.

Le jour du conseil municipal était arrivé. Lemaître ne manquait pas de charme : elle portait un haut beige en soie couronné d'un tailleur noir et s'était offert quelques centimètres supplémentaires grâce à son élégante paire de talons, comme pour surplomber son auditoire. Elle s'attendait à une simple formalité, presque administrative, pour entériner le choix des Parisiens et élire l'équipe municipale désignée. Elle semblait à la fois joyeuse et pressée, et multipliait les amabilités envers tous les membres de cette assemblée, ses ennemis les premiers, ses proches en second. On voyait qu'elle souhaitait aller vite, comme pour se débarrasser de cette ultime étape et rendosser officiellement son costume de maire.

Quelques instants à peine avant le début de la séance, Éric, qui avait visiblement fait ses provisions de bonheur, se dirigea vers moi et me souffla à l'oreille : « ça va le faire, je le sens bien, Madame la Maire ! » Il me regarda avec l'émerveillement d'un enfant fier de son coup, aveuglé d'optimisme, convaincu que sa parole produirait un effet performatif. Je m'étais mentalement préparée à sortir de cette salle potentiellement auréolée de la couronne de maire, ce qui signifiait qu'en y entrant, je devais l'être déjà un peu. C'est pourquoi je me contentai de lui sourire du coin de la bouche, lui pris l'avant-bras pour lui manifester ma sympathie et lui jetai un regard plein de confiance, hochant la tête de haut en bas en guise d'approbation. Je tentai de croiser le regard de chacun des membres de cette assemblée et leur témoigner par un air assuré qu'ils pourraient compter sur moi, leur indiquer que quelque chose de grand s'élaborait et qu'ils comprendraient bientôt. Je m'arrêtai sur Guillaume, emplie d'une émotion que les illusions de l'aube n'avaient dissipée, avant de me ressaisir et de détourner l'œil.

En traversant l'assemblée pour gagner ma place, je croisai Vincent qui glissa entre mes mains une boule de papier froissé, que je dépliai une fois assise. Il y avait écrit : « JE SUIS AVEC TOI ». Ce simple mot me mit en joie, car je savais que chaque voix compterait dans un conseil aussi restreint que le nôtre. Je fixai Éric, qui avait dû lui toucher deux mots avant d'entrer dans la salle, et attendis de longues secondes avant qu'il se tournât vers moi. Je lui adressai alors un clin d'œil complice : Vincent était donc le premier à me faire confiance et à rejoindre la bande d'imprudents que nous formions avec Éric.

Lemaître commença par appeler chacun des conseillers municipaux nouvellement élus et nous déclara installés dans nos fonctions. Elle récita nos noms d'une voix expéditive et je sentis mon cœur battre avec violence, ils ne cessaient de résonner dans ma tête, ces glorieux représentants du peuple sur qui je comptais sans qu'ils ne le sachent. Lemaître continua :

— À présent, mes chers collègues, nous allons passer à l'élection du maire. C'est André, notre doyen, qui va présider la séance d'installation du conseil municipal jusqu'à l'élection.

Lemaître se leva alors de son pupitre pour s'établir dans l'auditoire, parmi les élus ordinaires que nous étions, remplacée provisoirement par André sur ce trône :

— Merci, chère collègue. Nous allons désormais procéder à l'élection du maire de notre arrondissement, conformément aux dispositions prévues par l'article L. 2122-7 du Code général des collectivités territoriales.

Il s'interrompit un instant.

— J'appelle le ou les candidats à bien vouloir se lever et décliner leur identité.

Mes jambes tremblaient, j'avais l'impression que l'hiver se saisissait de moi, froid, sec, sombre, le sol gelé et craquelant sous le poids de mon corps écrasant, le souffle d'un coup saccadé, l'air irrespirable. Les yeux fixés sur Lemaître, qui se trouvait déjà debout à quelques mètres devant moi, je m'élançais péniblement, poussant mes mains sur la table pour me donner un surplus de force d'âme. Je serrais les dents, la mâchoire prête à exploser, le corps en pagaille, et j'attendais, j'attendais cruellement que Lemaître se retournât et ce fut chose faite quelques secondes après, mais elle vit d'abord Guillaume, sur sa droite, et ses yeux s'écarquillèrent quand elle le découvrit à la verticale, ripostant à ce suprême affront par une œillade noire de rage, la poitrine agitée, avant de secouer la tête d'un air de dire « petit con », puis elle continua son tour sur elle-même et me trouva, moi aussi, bien raide, la regardant dans les yeux, partagée entre le désir d'implorer son pardon et le sentiment que mon heure était venue, luttant laborieusement contre un certain sentiment d'infériorité face à l'éclair de dégoût qui s'empara de son visage, mais il fallait qu'elle comprenne, j'étais sûre qu'elle comprendrait, mais sans doute plus tard, pas maintenant, là se jouait uniquement l'éclosion de la haine, qui débordait de partout et se répandait à travers ses yeux pochés, ses mains crispées, son corps tout entier accablé. Une tempête invisible m'emporta, que son seul regard avait déclenchée dans la salle majestueuse aux dorures apparentes de la mairie, comme un tsunami à Versailles, mélange d'or et de feu, et j'accusais le coup, je me sentais faible, nerveuse, fébrile, elle avait fait éclater l'écorce de ma carapace, mais j'étais malgré tout prête à résister et à défendre cet objectif que je construisais et je ramassai les mille morceaux de mon être qu'elle avait explosé, fragments éparpillés de ma souveraineté, je rassemblais les dernières gouttes de vitalité en moi que son regard n'avait pas réussi à assécher pour décliner, comme on me l'avait demandé, mon identité, après Lemaître et avant Guillaume.

Chacun des conseillers municipaux avait devant lui un papier et un stylo noir, sur lequel il devait inscrire le nom de l'un de nous trois, avant de le glisser dans l'urne située face à l'estrade sur laquelle trônait André. Trois candidats donc, trois noms pour une seule place, départagés par treize élus, dont sept LR, quatre PS et deux RN. J'avais retrouvé quelque peu mes esprits et j'attendais que Lemaître et Guillaume aient voté pour avancer. Je marchais droit, les yeux rivés sur l'urne, mon papier fermement serré dans ma main, évitant le regard réprobateur d'André, lui qui avait caressé l'idée de se présenter avant manifestement de renoncer. Une fois les votes terminés, il se levait avec calme, ouvrit l'urne, et se saisit de chacun des papiers en clamant le nom qui y figurait.

Par cinq fois, nous entendions le nom de Lemaître résonner entre ces murs. Par cinq fois également, le mien. Par trois fois, celui de Guillaume. Aucun vote blanc ni nul, aucune majorité absolue non plus, fixée à sept : nous nous dirigions donc vers un second tour.

Impossible de savoir qui se cachait derrière chaque vote, mais découvrir que Guillaume n'avait obtenu que trois voix alors que son parti comptait quatre élus était un choc. Peut-être à cause de cela, mais aussi conscient qu'il ne pourrait nous rattraper, il se retira à l'issue de ce premier tour. Il avait tout perdu : lâché par ses troupes, humilié par l'adversaire, il avait fracturé l'union défendue au second tour avant même qu'elle ne devienne réalité.

Il ne restait plus que Lemaître et moi dans la course. Pendant qu'un fonctionnaire municipal nous apportait à chacun un nouveau morceau de papier, une pluie d'interrogations se condensait dans ma tête : hormis Éric, Vincent et moi-même, qui étaient les deux autres à avoir voté pour moi ? Étaient-ce des élus de mon parti ? André ? Martine ? L'élu PS infidèle à son chef de file ? Les élus RN ?

Deux tendances s'affrontaient alors pour ce second tour, d'une binarité élémentaire : les pro-Lemaître et les anti-Lemaître. Je savais bien que je ne pouvais compter que sur un vote protestataire, de sanction contre celle en place, misant sur un vent de dégagisme. Je n'avais pas suffisamment fait mes preuves pour emporter plus massivement qu'au premier tour, sur mon simple nom, un vote d'adhésion. J'espérais alors pouvoir compter au moins sur le vote de Guillaume, ce qui m'offrirait une courte avance sur Lemaître.

À nouveau, chacun de nous écrivit sur le papier l'un des deux noms en lice, avant de le déposer, fermé, dans l'urne. Alors que je m'acheminai vers l'urne, m'efforçant de dominer mes émotions, je sentis que le regard des membres de l'assemblée sur moi avait changé : soudainement, le sourire mince avait remplacé le sourcil haut, comme s'ils souhaitaient nouer avec moi une forme de complicité subversive. Après que chacun de nous eut retrouvé son siège, André se leva une nouvelle fois et plongea sa main dans l'urne. Le silence, interrompu uniquement par la voix d'André, était écrasant, l'heure ingrate semblait s'éterniser, et au fil des bulletins dépliés se dessinait de plus en plus nettement la possibilité d'une ville.

Puis finalement, ces phrases, qui s'imprimèrent dans ma mémoire pour le restant de mes jours : « Catherine Lemaître : 6 voix. Adèle Gautier : 7 voix. Adèle Gautier est élue maire du 8e arrondissement de Paris. »

Épilogue — 1 an plus tard

— Madame la Maire, votre rendez-vous de 14 heures est arrivé, m'informa par téléphone Évelyne, ma secrétaire.

Je recevais Justine Humbert, une jeune habitante de l'arrondissement qui souhaitait s'entretenir avec moi concernant les célébrations organisées le 8 mars prochain pour la journée internationale des droits des femmes. Je m'étais particulièrement engagée sur ce dossier, j'aspirais à marquer le coup et porter à la connaissance de tous les habitants les inégalités crasses que continuent de subir, chaque jour, les femmes dans notre pays. J'avais prévu de me rendre durant la matinée dans tous les collèges et lycées de l'arrondissement pour sensibiliser les élèves à la lutte pour les droits des femmes, puis d'aller à la rencontre de femmes artistes, entrepreneuses, activistes, qui prouvaient par l'exemple la marche à suivre, toutes celles qui osent, se lancent et persévèrent en milieu hostile et ne s'embarrassent pas de trajectoire contrariée. En fin d'après-midi, j'avais préparé l'organisation d'un grand événement à la mairie avec vingt associations féministes de référence : diffusion d'un documentaire, jeux d'éveil pour les plus petits autour des inégalités et conférences sur les violences faites aux femmes, les disparités salariales, ou encore les stéréotypes sexistes.

— Vous pouvez lui dire d'entrer, lui répondis-je en me levant.

C'est alors que je reconnus ce grain de beauté qui m'avait tant hantée, ce seul grain soulevant de glauques abîmes me projetant à nouveau dans un passé trop présent, réanimation d'un souvenir enfoui désormais bien vivant, face à moi, immobile dans la stupeur et le désarroi. J'étais soudainement éjectée dans un gouffre abyssal, incapable de la regarder dans les yeux, renvoyée à ma plus affreuse condition, interdite face aux obsessions vives qui m'animaient, courant derrière les mots qui me fuyaient, mots sans puissance et puissance sans mots.

— Bonjour Madame, merci de me recevoir. Je suis Justine Humbert, j'ai créé *Toutes ensemble,* une association d'aide aux victimes de violences sexuelles, que j'aimerais vous présenter, déclara-t-elle.

— Bonjour. Ravie.

Chaque mot m'assommait.

— J'ai vu que vous alliez organiser un grand événement à la mairie le 8 mars prochain, j'aurais souhaité y participer, et donner la parole à des femmes engagées dans mon association, qui ont toutes subi des violences sexuelles ou des discriminations. Notre association est récente, mais nous serions honorées de participer à un tel événement.

— Excellente idée. Avec plaisir.

— Parfait ! C'est vraiment gentil de votre part, je vous en suis très reconnaissante.

— Mon cabinet vous contactera.

À peine une quinzaine de mots prononcés, mais l'effort me semblait insurmontable, je ne pouvais en faire davantage, les yeux rivés sur mes pieds.

— Merci beaucoup ! Je ne vous dérange pas plus longtemps alors... ajouta-t-elle, gênée.

Sous mon sourire, l'infamie. J'avais tant à lui dire, j'aurais aimé être capable de formuler ces excuses si méritées, lui confesser à quel point je m'en voulais, que je ne pouvais m'expliquer cette réaction impardonnable, mais il n'en fut rien, ou presque. Avant qu'elle ne s'échappât, dans un éclair d'audace, les paupières tuméfiées, les joues colorées de honte, je lui demandai :

— Attendez. On s'est déjà vues quelque part, non ?

— Non, je ne crois pas... Ah, peut-être à un meeting d'un des candidats à la mairie, je les avais tous rencontrés pour leur parler de mon association. Vous étiez dans l'équipe de Catherine Lemaître ?

— Oui.

— Ça doit être ça alors, j'étais venue la rencontrer à l'une de ses réunions publiques.

J'avais envie de me flinguer, de me jeter par la fenêtre, mais la vie insistait et me retenait alors que j'explosais en majesté dans mon bureau doré. Une fois Justine partie, j'appelai ma secrétaire : « annulez tous mes rendez-vous du jour », lui murmurai-je, avant d'éclater en sanglots.

En ce mardi 8 mars, je déambulais dans l'arrondissement en mode automatique, l'esprit décorrélé du corps, d'un pas régulier. J'attendais sans trop savoir pourquoi la fin d'après-midi où j'allais revoir Justine, toujours décidée à tout lui déballer, le courage en moins. Le poids d'un monde prêt à s'effondrer sur les épaules trop frêles, je continuai de dérouler chacune des étapes de ma journée comme un bon petit soldat, obéissant à mon emploi du temps.

Je retrouvai Justine à la mairie dans la salle des Fêtes bondée pour la projection du documentaire *Femmes en résistance* et lui suggérai de s'asseoir à mes côtés au premier rang. Elle semblait honorée d'une telle proposition, ignorant tout ce que je lui devais, et une fois de plus, je ne parvins pas à lui parler. Je restai là, prostrée, clouée à ma chaise, avec pour seule arme l'énergie du désespoir. Plongée dans le noir, le regard fixé sur l'écran face à nous, je m'habillai d'un voile de chagrin. Justine tourna lentement la tête et vit sur ma joue une rivière de larmes que je tentai de dissimuler. C'en était trop, je n'arrivais plus à la contenir depuis tout ce temps, elle coulait inlassablement sur mes traits meurtris et, d'un geste plein d'allant, sans rien dire, elle me prit délicatement la main et la serra dans la sienne : la Rédemption m'avait touchée du doigt.

ISBN : 978-2-81220-452-4
222, Boulevard Pereire - 75017 Paris
www.ramsay.fr

Réalisation : Ramsay Médias, Romorantin (41)
Imprimé en France par CPI (175885)
Dépôt légal à parution